图一 《白木莲和少女》（局部）
　　大正元年十一月第一届梦二作品展览会参展作品。模特为他万喜。

图二　《舞姬》

大正七年四月第二届梦二抒情画展览会参展作品。和彦乃在京都生活时的作品。

图三 《早春第一枝》（局部）
　　　梦二中期后半阶段的杰作。

图四　《被炉和少女》（局部）
　　模特为叶。

出帆

〔日〕竹久梦二 著

王维幸 译

新星出版社 NEW STAR PRESS

新经典文化有限公司
www.readinglife.com
出　品

竹久梦二与《出帆》

止庵

川端康成在《临终的眼》一文中写道,他曾造访画家竹久梦二,"梦二不在家。有个女人端坐于镜前,姿态跟梦二的画中人简直一模一样,我怀疑起自己的眼睛来。不一会儿,她站起来,一边抓着正门的拉门,一边目送着我们。她的动作,一举手一投足,简直像是从梦二的画中跳出来的,使我惊愕不已,几乎连话都说不出来了。"川端所说的女人,就是原名佐佐木兼代的模特儿"叶",在梦二所著《出帆》中叫作"阿花"。

川端又说:"梦二描绘女性形体的画最完善,这可能是艺术的胜利,也可能是一种失败。"所谓"艺术的胜利"当指梦二所画极其传神,"失败"则是无意中发现这竟来自于描摹现实而非创造。当然,对于与梦二的实在生活无涉的我们来说,其间的区别并不重要;只要欣赏到美,而且美到梦二那般极致,就只有"艺术的胜利"而无"失败"。但是川端的话提示我们,梦二的艺术与其实在生活之间具有某种密切关系。

我们看梦二的画作,特别是他最擅长而且最具魅力的女人画,也能感觉到这一点。在这方面,梦二既承袭了日本浮世绘的传统,也从西方画家那里学了不少东西。举个例子,我在伊香保的竹久梦二纪念馆里见到的那幅《青山河》,就明显受莫迪里阿尼的影响。但是,莫迪里阿尼所画的女人都摆脱了具体背景从而成为独立的存在,她们的神态与姿势体现着对待生活乃至世界的一种态度。而在梦二的大多数画作里,女人仍然活在自己的人生情境和经历之中,甚至可以说她们就是现实生活本身,像《青山河》和我在伊香保见到的另一幅画《榛名山赋》那样超现实的作品,毕竟只是例外。在日本美术史上,梦二也曾影响过一批画家，如高畠华宵、蕗谷虹儿、岩田专太郎和中原淳一等，他们所画的"美少女"或健康，或浪漫，或妖艳，或妩媚，美则美矣，却同样存在于人生之外。相比之下，梦二画得更厚重，更有味道。梦二笔下女人的幽怨，哀愁，凄婉，孤独无告，显然不仅属于美，它们同样属于人生。

了解梦二的实在生活，有助于更深入地欣赏他的画作，所以我一直希望有一部内容翔实的传记译介过来。不想现在却先读到梦二自作自画的自传体小说《出帆》。梦二堪称多才多艺，他绘画，给报刊插图，搞装帧设计，作曲，写诗，还写小说。所著图文小说除《出帆》以外，另有《岬》、《秋药紫雪》、《如风》等。

《出帆》于昭和二年（一九二七）五月二日至九月十二日在东京《都新闻》上连载，一文一画，共一百三十四回。单行本出版已在作者身后，有葵书房昭和十五年（一九四〇），龙星阁昭和三十三年（一九五八）和昭和四十七年（一九七二）等多种版本。我所见为末了一种，插图系采用完整保存下来的梦二原作，以原大尺寸直接制版而成。书中所述俱有本事，发生于大正三年（一九一四）至大正十四年（一九二五），即梦二三十岁至四十一岁之间。书中人物亦有原型，如三太郎即梦二自己，美佐绪即梦二前妻他万喜，山彦即梦二次子不二彦，吉野即笠井彦乃，阿花即叶，今田甚子即女作家山田顺子，西东南风即歌人西出朝风，等等。他万喜、彦乃和叶是梦二一生中最重要的三位女人，也是他的画作里常见的形象。《出帆》讲了梦二与他万喜最终分手，与彦乃相识到彦乃死去，与叶相识到叶离开，以及与山田顺子短暂纠葛的始末。之所以指出这些，有如龙星阁昭和四十七年版刊行者所言："虽是自传，但由于出场人物全部使用假名，所以对于不了解梦二的人来说，这就是一部纯粹的小说。"那样看来虽仍不失为一部不错的爱情小说，但因不知梦二既是作者也是作品的主人公，不知其他人物和主要情节并不尽然出于虚构，这部作品的意思就会减损许多。

前述刊行者还说："了解梦二的人或许会从小说中读出梦二的自我辩护，看到梦二的谎言。但自传中的谎言可以说是谎言中的真话。谎言的阴影中透露着真相，透露着只有本人才能表述的情景。从这一层面上说，《出帆》就是梦二自己，就是梦二身边的人情与爱憎的忠实再现，比任何人撰写的梦二评传都更真实。"我曾在张爱玲著《小团圆》出版时说过，自传体小说有个读法的问题，要而言之，不可不信，但不可全信。而《出帆》与《小团圆》恰恰属于同一类作品。不过，我并不将"不可全信"一概归结为"自我辩护"或"谎言"。梦二有云："绘画已经不再只用眼睛来看，而是利用眼睛、耳朵、鼻子、嘴、皮肤以及第六感，也就是人的全身来感知。简而言之，绘画需要用心来看。"特地于"用眼来看"之外标举"用心来看"，似乎是对川端康成关于"艺术的成功"或"失败"的说法预先表示的一点异议。盖"用心来看"与"用眼来看"，结果可能相同也可能不同，相同未必皆归于"用眼来看"，不同或许正因为"用心来看"也。梦二又说："在绘画上，除去情绪，我们没有可相信的了……所谓情绪，是指我们内在生活的感觉。我们必须以此作为绘画的基调。"这提示我们，前面所谈到的"实在生活"其实可以分为外在与内在，即事实与心理两个层面。自传体小说的"自我辩护"或"谎言"，从外在或事实的层面来看也许的确如此，但是若从内在或心理的层面来看则要复杂得多，前者容或有所删减或改易，后者却可能有所增添或补全。我觉得，对于常常取材于自己实在生活的画家如竹久梦二或作家如张爱玲所写的自传体小说，大概更要别具只眼地予以对待。具体讲到《出帆》，作者显然更倾向于从内在或心理的层面，而不是外在或事实的层面回顾自己过去的经历，更倾向于道出一种"内在生活的感觉"，而这也许就与既有的事实有所出入。但是《出帆》的主人公三太郎，或许要比实在生活中的梦二更接近于以"情绪"或"内在生活的感觉""作为绘画的基调"的画家梦二；阅读并不完全真实的《出帆》，或许有助于读者更深入地理解那个真实的画家梦二，也更深入地理解他的绘画作品。这大概就是为什么要说《出帆》"比任何人撰写的梦二评传都更真实"，尽管它并不能够完全取代他人所著梦二传记或梦二评传。

《出帆》有别于一般自传体小说之处，还在它一文一画的形式。刊行者说：

"书中的画比文字更重要。画是不会说谎的。画中有梦二生活里的女人，但不是出售画作中的美人。所有情景都未作修饰。"梦二的文字具有日本作家细致入微的一贯特点，而他的画笔则比文字更能精妙地捕捉人物的各种细节。在这里，其他人物被作者兼画者梦二"用心看"着，也被书中主人公三太郎"用心看"着——这与文字所描述的三太郎的种种心理活动正相呼应；同时，三太郎又被作者兼画者梦二"用心看"着。画中吉野和阿花形象之委婉多情，似乎反映了梦二对于她们的深深留恋。而后来在他显然只存恨意的今田甚子，则根本没有在画中出现，这也说明他的"情绪"或"内在生活的感觉"。可以说《出帆》的画者梦二比作者梦二更能体现主人公三太郎的主观视角，是以刊行者说："与其说《出帆》是自传体小说，不如说是梦二细腻描绘自身感情的自传画集。世上有很多自叙传和自画像，但没有像《出帆》这样丰富多彩的自传画集。"另一方面，当三太郎成为描绘对象时，我们也许更能体会梦二是怎样"用心来看"自己的，而这在他出售的画作中难得一见。这方面画与文也是一致的：作者常常置身于自我之外去审视自我，审视自我的情感与想法，审视自己与某一具体的女人乃至整个女性的关系。

《出帆》的画与文并非一一对应。画者梦二有时超出作者梦二的视野之外，不仅关注自己的生活，而且关注更广阔的世界，即如刊行者所说："以'内在感觉'为基础，梦二如实描绘了大正时代的世间百态和风景民俗，从这一点看，《出帆》已超越了单纯的自传。"

二〇一一年十二月十九日

下街の歩道にも秋がまゐりました。

港屋は、いきな本版繪や、かあいく

不版画や、カードや、繪本や、詩集や、

その他、日本の娘さんたちゝ向きさ小

繪日傘や、人形や、千代紙や、半襟

などを南小店でムいます。

女の手ひとつです仕事ゆえ不行

届がちなから、街が片影みなりましたら

お散歩がたく〳〵お遊びよいらして

下さいまし。

吉日

外濠綫呉服橋詰

港屋事

岸たまき

秋意盎然，漫步下町。港屋为诸位提供各种漂亮的木版画、卡片、绘本、诗集，还有受年轻女孩
欢迎的彩绘伞、人偶、彩色印花纸和衬领等在小店销售。

小女子独力支撑小店，不周之处还望体谅……散步之余还望来本店光顾。

外濠线吴服桥志

吉日

港屋事　岸他万喜

（上图是大正三年十月港屋绘草纸店开业宣传册，前页图为其封面图，右图为《出帆》题字和插画，皆为梦二亲笔）

出帆

竹久夢二作

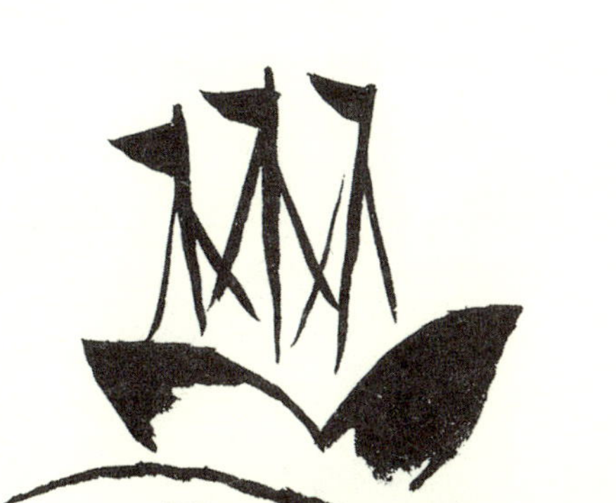

1 五月祭 1

一群穿着脏兮兮西装的人排着队，举着自制的各色旗子，庄严地游行过来。

"爸爸，这是干什么的？"

三太郎的儿子山彦当时还是小学生，他抱住爸爸的手问。

"嗯。"

爸爸三太郎也有些吃惊地驻足，想等队伍过来看个究竟。

队伍一旁跟着许多警察，正为这样的任务而兴奋。尽管服装杂乱不一，队伍却井然有序，大家似乎克制着感情向同一个目标迈进。

"是五月祭的队伍。"

"五月祭是什么？"

"五月祭嘛，嗯，就是劳动者到开满鲜花的原野上去唱歌跳舞。"

"噢。"

三太郎每天为生活疲于奔波，二十多岁时一度怀有的社会理想之类早就忘了。不喜欢看报纸的他，连今天五月祭的事都不知道。

父子俩发着愣，茫然地被挤在人群中。忽然，一个脸像泥做的金平糖①一样的彪形大汉现出身来，黑黝黝地挡在了两人前面。

"这个金平糖般的男人，脚上穿的木屐也太脏太旧了吧。"

三太郎一面和那人一起走，一面如此想。

---

①金平糖，冰糖与小麦粉制成的甜食，表面布满小疙瘩。

2 五月祭 2

一个蓄着连鬓胡子的金平糖坐在稍高处，反复对比 K 报和三太郎的脸。

"肯定就是这家伙。是个日本人啊，怎么回事？"泥金平糖向连鬓胡子的金平糖问道。

常言道，人就怕不能相互理解。三太郎完全不了解金平糖这一伙是怎么回事，便不由得像孩子一样不安起来，想从金平糖的脸上探寻答案。

对方似乎也对三太郎感到不解，奇怪的是脸上丝毫没有害怕的样子，其实内心不定有些害怕。

"你就是从俄罗斯来的那个叫爱罗先珂①的人吧？"连鬓胡子的金平糖威严地讯问道。

"不是。为何这么问？"

"那你叫什么名字？"

"我叫山冈三太郎。"

"奇怪啊，这报纸上刊登的就是你的照片啊。照这个看来，你当然就是那个从俄罗斯来的爱罗先珂了。"

"荒唐。能不能把报纸借我看一眼。"

三太郎从金平糖手里接过五月一日发行的 K 报查看起来。

果然，报上说有一位俄罗斯的盲诗人爱罗先珂要参加今天的五月祭，所配的大幅肖像照正是山冈三太郎的脸。

金平糖向来怀疑别人，从未怀疑过自己，可看到眼前这个人不是俄罗斯人而是日本人，也不得不怀疑自己的眼睛了。

---

①爱罗先珂（В. Я. Ерошенко，1890－1952），俄国诗人、童话作家。1914 年前往日本，后被逐出；1919 年再到日本，1921 年因参加日本社会主义联盟的活动被驱逐出境。

3 五月祭 3

还是个二十来岁的青年的时候，三太郎曾出于艺术家的敏感，坚信能把乌托邦带到人间来。

弹着巴拉莱卡琴唱俄罗斯草原民谣，并且预言列宁即将出现的当代诗人爱罗先珂，是戴红色土耳其帽的一分子。

善良的三太郎对这种荒唐的误认哭笑不得，只得不快地牵着山彦的手，叹息着来到阳光下。金平糖把一个善良的市民误当成了别人。既然他已经这么认定了，采取任何措施都没有意义了，只好躲开这种飞来横祸。

三太郎的性格中缺少争强好胜。他不适合那种一面标榜着共存共荣，一面又以体育运动的气魄突进的现代生活。即使参加羽毛球和乒乓球等竞技运动，他也不看重输赢，更注重享受其中的技巧。就算是玩花骨牌，如果手中有最大的樱花光牌，他也肯定会出。就算是骑马，他也只享受奔驰的过程。所以他做什么都很失败，最后总是吃亏。

"虽然我们每个人都会说爱，但必须知道，即使是用同一个词，各自的内容也是不一样的。"

三太郎忽然想起爱罗先珂遭日本驱逐，在被迫去往中国北方的送别会上说过的一席话来。

"去哪儿呢？"

今天是三太郎的儿子山彦的生日，父子俩正打算找地方庆祝一下。

4 黑船屋 1

"若是让第一次婚姻给绊倒了，一辈子都不会顺利。"

虽然过来人都这么说，可第一次就被绊倒的人，身上肯定有种一辈子都会被绊倒的痼疾。在这种不幸面前，经验之类毫无用处。看看那些从不吸取教训、屡屡重蹈覆辙的人就不难明白。

"毛病呗。"

不是染上了毛病，而是生来就是这种不幸的体质。

三太郎的第一任妻子，还在他穿着碎白点和服与竖条纹裙裤学画的时代，便和他在一起了。这女人比他大一两岁。还未等玩腻这种姐弟恋的游戏，时光就眨眼间过去了十年，她接连为他生下三个男孩。

"你不是很讨厌我吗？既然这样，孩子随时都可处置。"

家庭生活的角逐逐渐接近终点。三太郎虽然并不看重胜败，却不喜欢由对方来决定胜败，他便计划去外国。为了她和孩子，三太郎帮她在下町开了家小小的美术用品店。可正要购买旅行券的时候，欧洲战争却开始了。由于自己懒得动，也出于与她分居后的安心感，他便以此为借口取消了去外国的计划，轻松解决了此事。

看透他这点意图，妻子又来了，想再次把他赶进角逐之中。

"我已经厌倦了开店之类的，我看大家还是重新住到一个家里吧。"

5 黑船屋 2

店归店，画室归画室，她跟孩子们住在孩子的房间里，双方这样分开来住之后，第三个孩子降生了。三太郎吓了一跳。孩子出生七天左右，他就去看望，可连向来喜欢孩子的他也不愿碰一碰这个婴儿的脸颊。

她背着婴儿，整天跟在三太郎身后，从店铺追到画室，又从画室追到店铺，絮絮叨叨，不停地说着现在已是"孩子的世纪"。

三太郎对以孩子为中心的家庭生活毫无兴趣。当时，他几乎是给儿童杂志画画的唯一的画家。

"希望你能成为一名儿童画画家。"

虽然一位曾被誉为"日本儿童之父"的著名儿童文学家这么劝过他，三太郎还是执著于在外面工作。其实，他是那种对什么都感兴趣、什么工作都想尝试一下的性格。就连自己开的黑船屋里售卖的和服、带子、衬领、木版画和其他小工艺品的设计及加工，他都深感兴趣。他的一位读者——一家乡下绸缎庄老板的儿子主动来黑船屋帮忙。三太郎也经常去店里，朋友们自然就聚过来了。

在放学回家顺便去黑船屋逛逛的学生中，有个女孩对三太郎特别感兴趣。她一笑起来就露出虎牙，手也很美。

"这真是一双艺术家的手。"

"我想学点绘画，以前曾去过某先生那里，学过点日本画。先生能不能抽空帮我看看画呢？"

"如果你相信我，我就看看吧。"

三太郎和妻子立刻喜欢上了这个活泼开朗的女孩。

6 黑船屋 3

"我活着是为了孩子们。可是为了你的艺术，看来家里还是需要一个吉野姑娘那样的人。我看干脆把她娶过来吧，大家共同生活。"

三太郎的妻子一旦当真，竟真的去了吉野姑娘家，替丈夫求起亲来："请把您的女儿嫁给我丈夫吧。"

三太郎再往好里想，也不堪想象一男两女共寝一室的情形。

他最后逃往京都。结果电报马上跟着追了过来。

"美佐绪逃了，彦送到你那边，三吉给你送人了，就此通知。"

美佐绪是妻子的名字，彦是次子山彦的爱称，三吉是最小的儿子。老大当时寄养在乡下的爷爷奶奶家。

有位三太郎曾尊为老师的人，他的夫人就住在附近，经常照顾三太郎家。三太郎后来听这位夫人说，当时年仅五岁的山彦曾无奈地背着弟弟，拿着母亲的留言条哭个不停。这位夫人跟美佐绪曾去过的某协会的主任商量之后，才发了电报。

"无奈，一切拜托了。"

三太郎如此回了电报，便与他第一任妻子离了婚，与小儿子也成了陌路之人。黑船屋也关了，一切都交给了前妻。就这样，三太郎的东京生活暂时落幕。

7 生日 1

　　三太郎父子的京都生活虽孤独贫穷，却能身处自然的风物与季节的盛宴之间，舒适而清闲。冬天经常到北陆山阴的温泉场走走，春天到来，就到他出生的濑户内海沿岸，寻访秃山之间的村落或是通铁路的旧港口。寻觅京都奈良的佛阁神社、竹林松林，尤其是那些只剩泥墙的宅邸遗迹，实在是有趣极了。

　　每逢季节变换之际，总有些朴素的木版印刷的传单或贴在澡堂，或贴在茶馆的檐前，煞是有趣。东山松茸采摘节、高台寺的胡枝子，还有鞍马的镇火节等也很有意思。再者，每当商家或寺院里举行古朴的年中节庆或祭礼，名古屋一带的女人身着当季盛装登山而去的背影也让三太郎觉得赏心悦目。

　　然而三太郎在京都的生计不是那么安闲。和住惯了的东京不同，这里的世界很小，与四邻的交往也令人心烦。

　　"……我还是打算先在京都住上一阵子再说。在朋友的关照下，我在高台寺附近租了处涂着紫红漆的房子，也在不影响生计的前提下买了些家什，还从朋友那里借来一名女佣，总之父子俩还是能吃上热饭的。我想在这里稍微待一阵子，欣赏并制作点古物。八坂塔上的风铃被北山的山风吹动得鸣响不已，听起来是那么凄凉，但很快就会习惯吧。不久，春天也该来了。"

　　这样的书信，他甚至连东京的吉野那儿也发了一封。

8 生日2

每当踏上旅程，三太郎总会精神十足，食欲也大增。山彦却不行，总是弄坏肚子，即使在京都住下来之后，一到夜里也总是发烧。三太郎不忍叫起女佣，就到京都特有的防洪用的三合土小屋去，用失去知觉的手掰块冰来。

山彦不喜欢服药，每次都说"爸爸，两面夹击"，先吃威化饼干，再服药，然后再吃威化饼干。小孩总是贪吃。

"等你好了，虎屋的包子啥的我全买给你吃。"

"爸爸，大人跟小孩相反，一想吃东西就抽烟，对吧？"

山彦看着坐在枕边抽烟的爸爸说道。儿子这样说，爸爸也很为难。三太郎生来就难以克制各种欲望，因此对孩子也宠着顺着。尽管嘴里敷衍着"只一个哟"，可是只要孩子想要，什么都买给他吃。于是，他一次次地失败。

俗话说，父严母慈。可既当爹又当妈的三太郎不觉间总是倾向姑息的一边。而且，他自身的感伤和忧郁也蠢蠢欲动。

三太郎的忧郁源自精胺[①]，也是这种年纪的男人的新发现：大腿内侧总有些肿块，让人有种莫名的不安。

---

①精胺，原文为片假名スペルミン，即 Spermine。

9 生日 3

有位从东京到了京都的医科大学的学生，姓绪方。他常常把与东京有关的同好之士召集起来，开一些江户老乡会或是短歌会等，每每也邀请三太郎。

当时，三太郎甚至经常在绪方的带领下，去"京极的海德尔堡"，或又称江户儿屋的"正宗馆"。

"我的精胺经常会来。"三太郎摸着游走的蚕豆般的肿块说。

"我给你点药。走。"

爽快的绪方便立刻出了门。这性急的高个儿甩开裹着制服裤子的双腿跨过桥去。比他矮一头的三太郎大步跟上。

过了三条大桥爬上河岸，绪方径直走进一家挂着红色檐灯的人家。三太郎抬头一看那檐灯，只见上面写着"妇科"。

绪方把三太郎叫进去，对一位医学博士介绍他的情况之后，接着说"快，走吧"，然后手里拿着个贴着红纸的大坛子，催促着三太郎从河边往田埂上走。

藏青色底子上印染着"大柳"或"嬉野"的门帘仿佛在通知早夏到来，在风中翻舞，后面连着粉色的墙壁，还有生了苔藓的石灯笼立在那里。

这一带实在是方便有效地解决三太郎的精胺的好地方。

10 生日 4

不久就到了高台寺马场的樱花花蕾映入眼帘的时节。无论是古代美术、神社佛阁还是庭园，三太郎都不喜欢以学究的态度来研究，所以看过一圈之后就再也没去第二次。比起风光明媚的洛外山水和季节变换，他更期待来自东京吉野的风信。

这里所谓的"风信"，对三太郎来说绝非古朴文雅的嗜好。前面已经提到过，三太郎的前妻美佐绪曾向吉野的父母提过亲，此事反倒意外地起了通知和夸大二人关系的效果，结果跟世上通常的做法如出一辙，吉野被关了起来。而且如通俗小说的老套情节一样，吉野的母亲并非她的生母，只有这个独生女的父亲也陷入了不寻常的烦恼。

更准确地说，父亲作为一个异性，把三太郎当成了情敌。对于向三太郎表示好感的女儿——即背叛了父亲的女儿，这位父亲抱有双重的情感，既爱又恨。既然这样，三太郎便只能从教过吉野三味线的师父那里得到一点消息。吉野也是，连到公共浴池洗澡都被继母监视着，所以只能借助风信来传递心意。

比睿山依旧悠然矗立，加茂川仍在默默流淌。正如人们常说"不管有无指望，永远都得做这买卖"，就连那扎着花哨的带子、带着指环沦落风尘的卖豆腐女人都让三太郎很不愉快。

各处的泣虫寺，早晚必会传来令人深感凄凉的钟声。

竹村庭橋

11 生日 5

眼前似乎是温泉岳的山顶，弥漫着硫磺烟的火山口旁边，对小孩子的屠杀正在进行。和曾在法国的科摩罗①看到的画面一模一样。某处传来了壬生狂言的伴奏声，听来那么恬静，简直像是从油菜花田的那一头传来的。春日之中，残忍的屠杀在静静进行。山彦不也在那些泣不成声的孩子中间吗？

三太郎吓出一身冷汗，从梦中醒了过来。看看旁边，从窗子里透进来的光线中，山彦正睁大眼睛。

昨夜，绪方邀三太郎去江户老乡会商量赏樱花的事情。他临出门时，山彦问道："爸爸要去哪里？我不能跟去吗？"

尽管无论去哪里都带着他，三太郎还是答道："晚上不行。"

"到底去哪里？"

"到世上去。你和姐姐在家等着。"

孩子又问世上是什么，三太郎告诉他长大后就会明白的。

三太郎去了"世上"，很晚才回来，当夜就做了那个屠杀小孩的梦。翌日早晨，他在榻上注视着山彦的眼睛，不禁为自己"去世上"的事后悔了。

"京都不是青年住的城市。"

三太郎把自己也归到青年一类，他捉住一名在京都相识的画画的年轻人，起劲地跟对方聊着。

"来到京都后我才知道烦恼。所谓烦恼，其实就是跟自己的工作无关的非常普通的生活。人是会腐烂下去的。"

---

① 科摩罗，即科摩罗群岛，位于印度洋西部，19 世纪至 20 世纪中期处于法国控制下，1975 年独立。

12 生日 6

　　一天早晨，车夫带着一封书信叩响了房门。是外派到五条小桥工作的栗山朱叶写来的："我现在刚到。对城市情况不熟。请速来领我过去，见面后详谈。"三太郎便匆忙赶了过去。朱叶是当时有名的女画家，跟山川吉野很有交情，他觉得肯定能从她那儿打听到一点消息。

　　一见面，朱叶便忽然说："吉野姑娘马上要来京都。"

　　"啊？"

　　"嗯，我这不是来通知你了嘛。"

　　"我真的一点都没料到。"

　　"本打算给你个惊喜。事情能走到这一步，可真是费了不少劲。"

　　朱叶夸张地叹口气，然后讲起来龙去脉：

　　"吉野说，'我根本不愿做什么画家，只想到他身边。'她父亲自然怒火冲天。这样任性怎么能行呢？于是，我也开始想法子，就把一切都告诉了广叶先生，让他去劝劝吉野的父亲。比如那孩子那么有前途，把她送到京都去学上个一两年如何。吉野父亲也有此意，这才终于服输，说既然文展①的审查员都这么说了，如果女儿能有出息，那就拜托了。剩下的全交给了我。我便在中间搭了个桥，说那边有熟人，旅店的事包给我好了。事情就这么定了下来。当然，我所说的旅店就是您家了。"

---

① 文展，全称"文部省美术展览会"，1907 年开始的由日本文部省主办的官方美术展。

13 生日 7

三太郎对此毫不知情，竟还抱着个贴有红签的烈性药的坛子，不免有些羞愧，同时又掩饰不住欣喜。

如此一来，三太郎也像早晨要赶庙会的母亲那样连系衣带都嫌麻烦，生怕晚去一会儿庙会就要逃走似的，变得如孩子般急不可耐。

"什么时候来？"

"只要我打个电报，她立刻就来。"

"……"

朱叶一面笑一面提醒三太郎，按理说来，他得先持广叶先生的介绍信去探望一下西望先生。而且即使发出了电报，对方毕竟是个女人，总得整理一下心情才是，最快也得花一星期的时间。

这西望先生，三太郎上学时见过面，不过在工作上也没怎么敬重他，尤其不愿因这种事情前去拜访，所以，他把朱叶送出门后就回家等着。

不久朱叶便返回了，从三太郎二楼的画室里观赏屈身方可仰视的八坂的塔、寺内的田地，还有那硕大的樱花树。

"好地方啊，吉野姑娘来了，一定会'哎呀'一声，感叹不已，这可是她的癖好。"口中说着是别人的癖好，朱叶同样也很高兴。

三太郎在二轩茶屋吃了过点的午饭，一面在圆山公园的明信片上给吉野画了些东西。他只画了一名站在庭石上的男子的身影。

14

各位读者，按照作者的计划，原本是想从"五月祭"的小标题写起，一下就写到三太郎因最近报纸的炒作弄得满城风雨的事，以满足各位读者的期待。

在"五月祭"一节中山彦的生日之后不久，便写到了八年后的另一场生日，这天早上的突发事件让我有了提笔的念头。

他们结束长期的流浪生活，三太郎从东京都内的旅馆回来，山彦则从寄养人家回来，父子俩时隔数年才又同住到自己建造的家里。这是之后的第一个生日。

本来想写一下能刻画出三太郎一生的这个清爽的五月一日——这天他本该在自己种的紫藤初次开花的露台上喝着早茶享受人生。再与父子俩像丧家犬一样去某处的饭馆点带头加吉鱼的情形做个时代性的对比。可是在展开时代日记或画卷的过程中，我这个外行的作者居然开始对各方面感兴趣，一时竟把生日的事情给忘了，专心地写起了三太郎的京都时代。

于是，我便决定不再使用那些烦人的小标题，山也罢水也罢，无论读到哪儿，描写的都还是三太郎的生活，所以，我决定采取从哪儿读都不会产生妨碍的写法。

并且，在京都的日子是三太郎一生中最富光彩最富浪漫的时光。各位读者，就让我这个作者来谈谈三太郎的京都时代吧。只是我并不想写三太郎都做了些什么，而是想写写他是如何生活，又是为何出现这种种状况的。

15

吉野给朱叶发来了电报：

"请再等一下，再过四五天。"

可是，朱叶却说："这里已经没我什么事了，而且我早就跟人约好了，明天得去长崎。"她当晚就乘快车赶赴长崎了。

但过了四五天、一星期乃至十天，电报也没再发来。

本想让吉野欣赏一下的樱花，不知不觉间开了又谢。京都的舞蹈公演临近闭幕，岛原妓女的盛装游行结束，连壬生狂言也快要落幕了。

三太郎等累了，不愿再这么耗下去，便少见地擦拭起画架上的灰尘来；最近他一直打算办一次个人展览会。就在这天早上——

"嫁女儿的母亲就是放心不下啊。今晚又弄到了三点。好容易才把友禅小被子缝起来。这样洗洗涮涮之类的活儿能干了，平常的衣服也能洗了。而且马上就到夏天了，这个那个的……"

三太郎想，女人真愚蠢，弄这些乱七八糟的有用吗。这么清爽的大好五月天，居然还有心思缝衣服。

"请告诉她，这个月不来的话，以后就不用来了。"

"哎呀，可不能这么说。否则那个人就太可怜了。"

三太郎想起了送朱叶去京都站时，在车窗边说的话。

16

本来这朱叶就够来去匆匆的了，像飞机一样一会儿忽然现身，一会儿又不见踪影。不过，吉野到京都的事情想来也是非常突然。

这虽然也是命中注定，可毕竟是冲破了重重困难，还要玩弄诡计来个离家出走什么的。三太郎这个人，完全是个自私自利的男人，他毫不害怕这种命运，得了便宜还要卖乖，破罐子破摔，纵然以后要为此喝毒药都不在乎。

三太郎等吉野甚至都等得忘乎所以了，俨然一个期待着飞船飞来的孩子。人在等待远方的人时，不知为何总会仰望天空。而一旦那人前来的日期和时间确定下来，人们便不是眼望着轨道就是望着路上。可三太郎等待的是一个不知何日才来的人，自然望起东山上那广漠的天空来。

"爸爸，东京在哪边？"

山彦当然不是看出了父亲的心思才这么问的，他也有回忆东京的理由。

"爸爸对着的方向！"

平时总刨根问底的山彦慑于爸爸爱发火的脾气，只"哦"了一句便没再做声。

17

前面也提到过，三太郎曾到尊为老师的人家里去，说"我越来越想当画家了"，请对方给拿主意。当时正值三太郎不好好上学，乡下的父亲一气之下给了他一封"以后万事由其自由"的信断绝关系，因此想去的学校都能去。听了这些话，他所尊敬的老师的意见是："那太好了，但你拥有的东西在进入美术学校后恐怕就会失去。为了培育自己，你只留心一下素描如何？这种孤立无援的道路或许很苦，不过，全日本哪怕只有一个你这样特殊的画家，不是也很有趣吗？"

于是三太郎一如对方所说，走上了一条没有同伴的道路。在今天看来，这对他来说根本不是什么痛苦的道路，只是贫穷了点。他从未参加过可以决定作品市价的公办展览会，因此连一个资助者也没有。正因如此，他的作品根本没有市价。偶尔有好事者来买画，也不过是临走放下一丁点钱。

现在，虽说三太郎所画的女人就生活在现实社会里、行走在大街上，可当时他的画里却有一种世界主义者的特异类型。三太郎有名的也只是名字而已。他的名字经常被冒用。

18

    三太郎逐渐懂得了，居然还有一种人身处画家和收藏家之间做生意。具体到身旁，就是经常有些端着美术批评家架子的人，或是像村公所出纳一样蓄着胡子的人进出他的画室。他们还经常发出邀请，比如"怎么样，最近不去趟长良川？半切纸的小画，您只要给我画上四五张，就足够玩一趟的了"。结果，三太郎每每旅行回来，带回的都不是土特产，尽是些债务。

    甚至还有个男人经常前来怂恿他，说自己本是乡下开美术书屋的，"小店很快要关门，想开个您的小幅作品展览会最后装点一下门面，看在你我的情分上，这二三十张色纸就拜托了。"结果呢，对方却全部倾销给了大阪那边的画商。这个人最近又跑来说，乡下要建一所幼儿园，为了给社会作点贡献，希望三太郎能低价捐赠五十幅绢本。然后又将三太郎的心意带到了银座的梅屋，说在那里举办浴衣会。在这个出纳模样的男人的点拨下，三太郎见了梅屋的负责人，甚至还把这男人介绍给了很多文士、画家和演员，在浴衣会办起来之前一直在帮他。结果，这个"为社会作贡献"的人却将一切据为己有，不觉间竟撂下三太郎不管了。

    据说，这人还进过一灯园①，写信时开首总是认真地写下"合掌"二字。

    "喂喂，我最讨厌那合掌了。最后只觉得我就要被拜倒了。"

    那时，三太郎也总是笑着对这人如是说。

---

①一灯园，明治末年成立的新宗教团体，主张无争的生活实践即为道的理念。

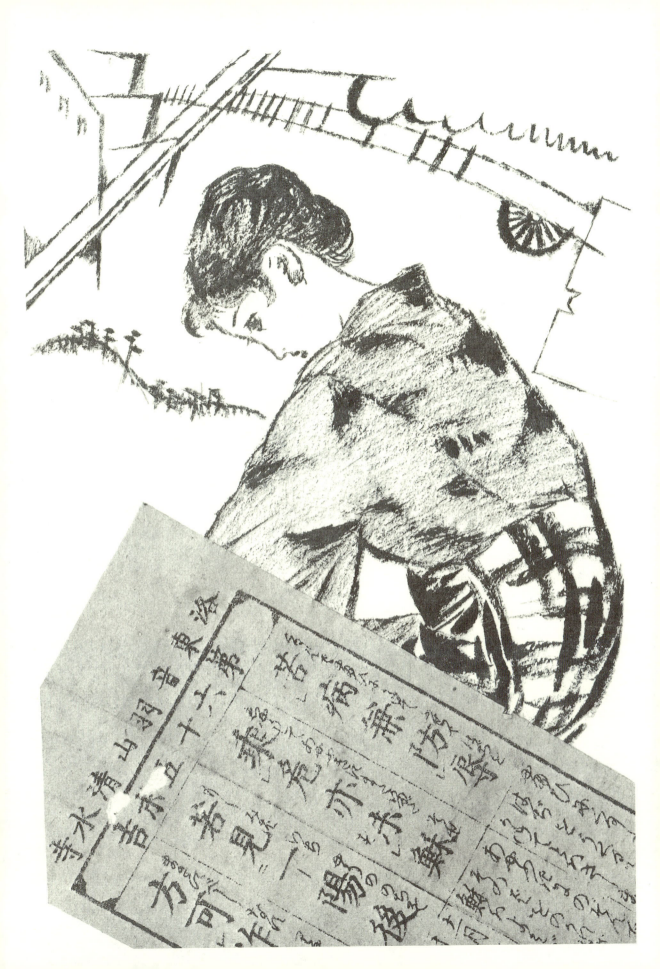

19

虽不知一灯园风气如何，可那人的良心和道德似乎早就奉献给了社会。把浴衣会的事务所搬到乡下幼儿园之类，对三太郎来说根本无所谓，可男子又将三太郎的画带到了名古屋的梅坂屋，连声招呼都没打就办了一次"三太郎个人展览会"。展会结束后，三太郎才从别处得知这个消息，不禁又惊又气。

"我是个乞丐，做任何事情都是为了社会。所有的错事我都道歉。"既然那人都如此低头致歉了，三太郎也无法再责备他。可后来趁三太郎不在，那人又来了，声称是自己寄存的东西，把三太郎寄存的一匹绘绢及其他物件给拿走了，还留下了荒唐的留言："倘若弄错了，定会送回。"

男子后来就不再露面，可如今似乎仍在银座的梅屋办浴衣会。三太郎一直想向众人取消对此人的介绍，也想通知一下梅屋的负责人，可是想到世上再不会有人比自己更傻，再加上懒惰，最终觉得只要这个"为社会作贡献"的人不再来，就烧高香了。

"像我这样的人，用好了对你有好处。"尽管男子这么说过，可三太郎怎么敢用他。

而且，当时三太郎正处在乱糟糟的烦心事中，实在无法跟他较劲。

20

不管三太郎对个人展览会的准备工作着不着急，也不管他害不害怕命运，吉野终于还是来到了他身边。

"明天晚上十点抵达，卧铺十六号，请到米原来接。"

收到电报的时候，他比在米原的站台上第一眼看到千里迢迢来见自己的她还要高兴，尽管是后来才意识到这一点。至于为什么，这对理解三太郎很重要，所以必须事先介绍一下。

明明已吃过白等的苦头，纵然对方只是个女人，三太郎还是早早到了约定的地点。他历来就是这样，不管何时都在忍耐等待的煎熬。

所以接到电报之后，他的心再也沉不下来，也不知这一天是怎么过的。他又是买来夏季用的窗帘挂起来，又是买来六兵卫的全套茶碗，跑来跑去全在张罗这些。却懒得去打理胡子，也不愿意洗澡。按照他的哲学，"洗澡并非为了变美，而是为了洗掉自己觉得脏的地方"，所以只要是不脏，就永远不需要洗澡。

但在迎来吉野的当天傍晚，他在石山的柳屋久违地洗了个澡。

21

　　早晨七点，载着吉野的普快列车准点驶进米原车站。三太郎在卧铺车厢一路寻找之际，吉野正好指间夹着桃色的毛巾从化妆室出来。两人同时发现了对方。吉野连一贯的口头禅"哎呀"都没能说出来，深含热泪的双眼默默地迎向三太郎。三太郎不知说什么好，只是紧紧握住她拿着毛巾的手，朝十六号卧铺跑去。

　　他一口气把随身行李全收拢起来，叫来小红帽。吉野本打算一直坐到七条，或许是担心他追过去吧，她连问都没问，依照他的意思在米原下了车，然后换乘另外的火车到石山。两人并肩信步走过濑田桥上，才终于松了一口气。

　　"阿彦怎么样？"

　　"天天爸爸、爸爸的，给我添麻烦。家那边都准备好了。"

　　"没问题，我完全相信朱叶太太。朱叶太太好像立刻就去了长崎吧。"

　　"嗯……也不知到老去时能不能迎来你呢。"

　　"哎呀，我也是吃够了苦头啊。这可是我生来第一次独自旅行。我倒没觉得什么，可父亲十分担心，还说要一直把我送到京都呢。我不听，父亲最终还是把我送到了静冈。不过，当火车在黎明穿过逢坂山的隧道，看到那不熟悉的山时，我还是有点心虚……啊，原来这就是濑田桥啊。"

　　"那个叫什么来着？对了，是被称为'近江富士'的三上山。"

22

"展览会的作品完成了？"

吉野倚着柳屋二楼的栏杆悠然而坐，背后是波光粼粼的濑田川和边境上秃白的山峦。三太郎正眯缝着眼睛，凝望她那逆光的身影和衣领上浮现的光线。此时，吉野想起了创作的事情，一面注意保持姿势，一面如此问道。

"怎么也画不出来。这一次，我打算完全不用模特，只凭感觉来画，可是没有具体的线索，我怎么也想不出构图。如此说来，我的生活里似乎也有这种倾向。"

"你的意思是……"

"也就是说，我是个耐不住寂寞的人。"三太郎未看吉野的脸，说道。

吉野沉默了一会儿，说："今后就可以了，一定。"

这是她对三太郎初次说出爱的语言，也是一个抛弃家庭远道来投奔男人的姑娘说给自己听的誓言。

有了这种美丽的构图，三太郎的表现欲虽然被充分调动起来，却还缺少一口气干到底的劲头，没等将它表达出来就停滞了，然后又消沉下去。即使在完成的作品中，也总有一种连自己都能感受到的不足。

"我画，我画。一定要画出一件绝品来。"

23

　　昨夜聊到很晚，又修改了一下作品，然后径直在二楼用作画室的房间睡去了。待到吉野忽然睁开眼睛，拉开窗帘，外面已是微明。天亮了。

　　山上的清风越过松林吹来，透着一股莫名的香气，若说馥郁尚有点不足。摄人魂魄的花和叶的气息从窗口流淌进来，拂动着窗帘和人蓬乱的头发。画稿、画布、书籍与乱纸堆中，三太郎仍是把脸埋在靠垫里呼呼大睡。

　　"多么好的气息啊。"

　　吉野不知该喊什么把三太郎叫醒，她认真地想着这个，不由得绽开双唇，失声笑了出来。

　　"像个傻瓜似的笑什么？"三太郎睁开眼睛。

　　"哎，我是有点变傻了。"

　　就这样，三太郎的京都生活开始了。他的创作也逐渐取得进展。时光荏苒，一到七月，京都的暑夏也来了。山彦又犯起闹肚子的老毛病来，很多日子都在发烧。

　　"真想去趟温泉，养养精神。"三太郎打开地图查看。

　　"这画了红线的地方是什么？"

　　"我走过的地方。"

　　"我居然到了这么远的地方。"

　　"去加贺看看吧。"

　　"哪里都行。反正我哪里都不知道。只要对阿彦的身体有好处就行。"

24

　　三太郎的加贺之旅从夏初到秋口上，前后经历了四个多月，其间还收获了水彩画十多张、油画构图若干、速写本四五册。山彦却在三国港吃了一个不洁的冰激凌，结果住进了金泽的医院，三太郎和吉野不得不昼夜伺候了他三星期。这时，三太郎才终于发现带着没娘孩子的劳苦，还有与她之间夹着个孩子的不易，也看清了在女人的爱中扎根的艰辛。

　　当时，金泽的报社有位在东京很出名的西东南风。不知山彦的病会拖到什么时候，也为了解决经济上的困窘，三太郎在南风的斡旋下办了一次小型展览。他此时当然无法知道，在这次展览上认识的人们会与后来发生在他身上的事情深有干系。

　　山彦住院三周后出院了，但由于术后调养时不知是在哪儿感染了，手指上竟又长了个小肿泡。在医生的提醒下，他们去了离城三四十里远的药王山山麓的温泉。记得镜花的《女仙前记》中似乎就有个叫"汤涌"的超凡脱俗的山间小村落。秋高气爽，不知何处飘来菊花香，山鸠在此处朴素地独唱，潺潺的流水成了伴奏。

　　"我想结个发髻试试，好吗？"

　　一天早晨，吉野一面在镜前打扮，一面对镜中的三太郎说道。

25

作为一个画家，三太郎在面对美人的时候，纵使是出于单纯的友情，也常常不禁丢掉刷子沉醉其中。相反，以前也曾说过，纵使他将一个举世无双的女人揽在怀里，可哪怕是从这女人的耳朵里发现一点耳垢，他也会像对待污秽的人偶似的，立即将她弃之不顾，理都不理。他历来就是这样。当然，这并不是说他深爱的吉野有耳垢。岂止没有耳垢，她后颈的发际处甚至有个美丽的黑点呢，仿佛用眉笔给点上去的。望着这黑点，三太郎的心直如压着耳边蓬乱的头发在忘乎所以地荡秋千，实在是可爱的风景。

"还有胶卷吗？那再给我拍一张。头发马上就乱了。"

"跟我一起照吧。喂，阿彦，你咔嚓按一下这儿。"三太郎将照相机放在桌上，把靠在栏杆上的吉野取到镜头中，然后走到她身旁。

"我若是死了，父亲一定会哭泣吧。"她悄悄地把光脚放在并排而站的三太郎脚上，深有感触地说道。

"若是喜欢的人就这样死去，我大概也会哭。"

"姐姐，好了吗？我可要给你们咔嚓了啊。"摄影师提醒道。

"稍等。"她忽然从带间掏出手巾来，擦拭了下眼睛，"我到底是怎么了？"

不过，她还是立刻绽放出灿烂的笑容。"喂，阿彦，好了。"

26

　　锦木——南风在说话间总是如此称呼自己的妻子。据说南风曾从街上买来酒肴，都半夜三点了还来造访三太郎的住处。关于此事，三太郎反而是从以南风为首的诗会的朋友那里听说的。据说有个爱穿男式裙裤的女教员住到有妻有子的南风家去了。然而偏袒南风太太一方的青年们则告诉三太郎，并非如此，是南风把老婆痛打了一顿后，才留宿那女人的。

　　"锦木说，啊，他在前一夜还抱着小儿子呢。大概是要跟母亲死别的缘故吧。"南风放下酒杯，伤感地讲起了那件事，"虽然我拿起了剃刀，可今夜在厨房研磨厚刃尖菜刀的情形就像画一样，睡在二楼的我看得一清二楚。我忽然从枕头上抬起头来，竟发现自己脖子底下铺着细绳。我跑了起来，穿越树丛的时间那个长啊……"南风说话的样子，俨然他刚看过的小戏似的，阴郁、时断时续，很难让人有真实感，可这无疑是他自己在两小时前刚作为主角演过的悲剧。纵然只见过一两次面，可若是知道这事，任谁都不会偏袒，三太郎也这么想。

　　"总之，我已经拜托过叔伯兄弟了，让他们给送回东京的老家去……"

　　事情究竟能否有南风想得那么美，就只有鬼才知道了。

　　南风回去后，三太郎也感到了一种莫名的忧郁，总是沉默不语。

　　"怎么了，想起往事来了吧？"大概是觉得后面的话很粗俗，吉野没有说下去。

27

用灰泥抹着一个"水"字图案的仓库与窗子相对。每天早晨，三太郎都被麻雀的鸣声吵醒。而后望着太阳照在仓库的白墙上，他的心就像回到了故乡（实际的故乡并不喜人）那般安静下来。

"就像是回到了乡下的伯母家一样啊。"

"是啊，有种回家的感觉。"

这天早晨，三太郎又从二楼往外眺望。

"啊，不就是那个人？"

"很像。"

三太郎邻室的客人，是个据说在城下的外廊^①待过的女人。她能弹点小曲，很快就跟吉野熟络起来，甚至亲密到了连身世都讲给吉野听的程度。女人有个情人，是住在附近的农民，这男人完全迷恋上了她，连山林田地等诸般东西都不要了。

这男人带着妻儿到另一家旅店泡温泉，悄悄同这外廊女子相会。连女人都甘冒这种风险了，可见二人已发展到了不寻常的关系。结果，妻子立刻看出了苗头，寻死觅活大吵不已，这是当天早晨才发生的事。

虽说是温泉疗养处，却只是如小客栈般的租屋，还得自己做饭。男人背着蒲团、锅和帆布袋，牵着大孩子的手走了，妻子背着小孩子监视般地尾随在后，两手提着包跟下山去。那边的二楼和这边的窗户上，闲得无聊的住客都向他投去了或是嘲笑或是同情的眼神。

这时，吞咽某种东西的声音传来，隔壁外廊女人的拉窗忽然啪嗒一声关上。三太郎不禁与吉野面面相觑。不久，哇的一声，又传来了女人的哭泣。

---

①外廊，指烟花巷，妓院区。

28

　　"真是个单纯又痴情的人，简直像个小姑娘。"吉野从外廓女人的房间回来，边解衣带边说给三太郎听。

　　"那人说，太太——她说的太太就是指我——嗨，我想最好还是一死了之。若是把那个男人带走，就对不起孩子们，可我一个人又下不了死的决心。太太，你说我是不是死了的好？我好可怜啊。我若是那个男人的话，是绝不会背着锅垂头丧气回去的。"

　　"那你是怎么回答的？"

　　"我还能说什么？我什么都没说，一直陪她哭。"

　　次日，外廓女人便来到三太郎的房间，请求带她到能望见城下的山的地方去。"若是爬上山去，金泽城和外廓都能一目了然"，三太郎不知何时说过的这句话竟被她记了下来。尽管三太郎告诉她路途很凶险，可女人怎么也不听。最终只得带她登上山。

　　"你看，那黑色的森林就是兼六园，左边的白墙就是你的外廓了。"

　　"真的啊。那么，先生，野市村在哪边呢？"

　　"这个嘛，我就不知道了。"

　　"似乎在浅野川的上游。"

　　"若是浅野川的话，你看，就是从这松树上面能看见的。野市村是那男人的村子吗？"

　　"是的，先生。"

　　她是早就下了决心和相恋的男人永别才登上山，还是看到了将她与男人远隔的山川才忽然有此想法的呢？总之，当天晚上，外廓女人便去后面的山上上吊了。留言之类的都没有，唯一留下的遗产似乎就是那把三味线，上面写着"送给隔壁的太太"。

29

　　三太郎和吉野都对死去的女人抱有好感，便再也无法忍受山上旅馆的寂寞。山彦的肿泡又几乎没见好转。于是，他们忽然决定下山。

　　车子来到经常散步路过的桥上，三太郎回过头，仰望山上的温泉场和药王山连绵不绝的山峰。今后大概再也看不到了吧。他与山川和在此相逢的人们依依惜别。

　　到达金泽后，三太郎先造访了南风的住处。南风夫妇一如从前，仍唠唠叨叨地说只为照顾孩子忙活。三太郎虽已料到他们会絮叨些旧话，还是安下心来。

　　当天晚上，就有二十多个新老相识聚来，带着告别的心情畅谈畅饮。无意间听其中一个男人说，那个野市村的农民把妻儿带回家之后，当即返回了汤涌，紧随着外廓女人在相同的地方吊死了。与三太郎下山是同一日，看来两人是走岔道了。

　　"好好，这样也好。除此之外别无他法。"三太郎独自想道。

　　如谚语所云，"十月穿夹衣"。从金泽起程时已是秋风飒飒，樋草果实的亮白也有些刺眼了。三太郎紧赶慢赶地返回了京都。

　　"哎呀，总之是回来了。在京都总没有在自己家的感觉。"

　　"真想回东京溜一圈，哪怕是只吃一口寿司。"

　　"我想喝银座维也纳咖啡店的巧克力苏打水。"

　　"还记得以前经常坐在那张白桌子旁。"

　　"东京的事和吃的之类就先打住吧。一切保持现状就不错了。"

30

　　十月，十一月，十二月……直到次年的三月三日，三太郎一直都在学习。吉野则成了他幸福的妻子，也成了孩子年轻的母亲。从加贺回来之后，吉野在东京上学时的女友夏枝来京都学画，借住在附近的寺庙里，每天来三太郎家，后来干脆赖着住了下来。这女人在的时候总像过家家一样天真，像过节一样热闹。

　　可是，肺不好的吉野受不了京都的风寒，经常生病，二月前后就弄坏了肠胃，连鱼市上的寿司都不能吃，每天只能喝粥。进入三月之后，得到了医生的许可，可以吃点东西了。为了过节，也为了庆祝病愈，大家决定次日到圆山附近走走，找个地方吃顿饭。吉野拢了拢好久没有打理的头发，施起粉来。就寝后众人仍欢腾得很，兴奋地合计次日郊游的计划和菜谱，入睡大概已是黎明时分了。

　　"太太，太太。东京那边……"三太郎似在梦中听到女佣唤起吉野的声音，睁开了眼睛。此时吉野已经起身，低声吩咐了女佣几句，而后告诉他"父亲来了"，接着更换起睡衣来。看到吉野慌张的样子，三太郎慌忙穿上衣服。山彦和夏枝也都在紧张的气氛中惊醒了。

　　"我去会会他。吉野你先沉住气，没事的。"

　　早就听说吉野的父亲曾进过精神病院，什么事都可能干得出来，三太郎便特意安慰了大家一番。

31

　　"我来是要把借住在你这儿的女儿带走。"吉野的父亲开门见山地说道。

　　"是吗？这里也不便说话，请先进来吧。"三太郎镇定地说着，把他请进二楼。三太郎在东京也曾见过这位父亲，但来者的口气俨然在应对陌生人。其实，与吉野同居的事，三太郎一直想找个机会让广叶和朱叶去说和一下。不过这事没那么简单，他便一拖再拖，没想到吉野的父亲竟忽然找上门来。

　　"想必一切您都知道了吧，我也没什么好说的。事实上，我们一直打算去求您，向您认错，却没找到机会。事到如今再说，想必您很生气吧。"

　　"不，这些事我听都不想听。关于带女儿走一事，只要支付了你住宿费，你应该就没意见了吧？"

　　"看来，您把我和吉野当成房东和房客的关系了，想用钱来打发？"

　　"根据朱叶的说法，我就是这么认为的。"

　　"话倒没错。可是，难道您以为吉野只是寄宿此处这么简单吗？也要先考虑一下吉野的心情才是……"

　　"我是吉野的父亲。无论她怎么考虑，我都会照自己的意思做。"

　　"这是您的自由，但吉野违背您的意思离家出走的事实也掩盖不了。难道您觉得不承认事实，不问青红皂白，只要把吉野带走就能一了百了吗？"

32

"那你说怎么办？只要交了吉野的伙食费不就行了吗？"

"请不要再说这种言不由衷的话了。您很清楚我不是这个意思，也知道吉野的决心，并且害怕我马上要说出的真相。我很理解您身为父亲的愤怒和遭到女儿背叛的悲伤。可是，我们都已经走到这一步了，今后还要继续走下去的。所以，我在这里再次求您了。"三太郎直直盯着吉野的父亲说道。父亲的眼里早已噙满泪水。

"这件事情不要再说了。我就这么一个宝贝女儿，不能眼睁睁把她放在这儿。请理解我的心情，把她还给我。求你了。"

被他这么一说，三太郎倒无言以对了。

"那么，我先把吉野叫过来，务请您不要责备她。"

"那就不关你的事了。"

这位父亲的激愤实在是有点不正常，三太郎想。

"是吗，但依我看来，就算是您束缚住了吉野的身体，也绑不住她的心。何况吉野正在病中。"

最终，吉野还是被父亲带回了东京。三太郎把他们送到七条的车站。父亲听到连出入的车夫都喊吉野为太太，激愤之下向三太郎怒喝道："连车夫都说她是你太太了，你快滚回去。"

"你现在可不能忤逆我父亲，就算是可怜可怜我吧。"吉野用眼神哀求着三太郎。

三太郎远远地望着那可恨的火车开走……

33

尽管远送着吉野的三太郎想，这次上了她父亲的当。可为了吉野也只好如此，他也死了心。

大约一星期之后，吉野给夏枝来了信。

我摇摇晃晃抵达了东京。没有回家的感觉。我正背着家人匆匆写信。先生的事就拜托了。身体哆嗦得厉害，不知该说些什么好。请一定帮我一下，莫要让先生寂寞。为了我，一定别让展览会搞砸了。一想起这个，我就放心不下。

事实上，三太郎的展览会已迫在眼前，下个月就要开展。会场设施已布置好，宣传画也印好了。他本来打算借这次展览的机会带吉野出国，所以连宣传画都事先印上了"再见"的字样。作为两幅壁画的报酬，一个在神户开银行的表兄包下了他们出国旅行三年的费用，那壁画应该也加进了展览的目录。这次展览无疑是个展示三太郎作为艺术家的能力的好机会。他既无能参加国立展览会的身份，作品又无市价，本指望把这次展览的成功作为聘礼送给吉野的父亲。现在失去了吉野，三太郎就变得破罐子破摔了。

但那一天还是到来了。展览会终究开启了第一日。会场设在冈崎图书馆的楼上。上午八点钟，还没开展，前面的广场便黑压压地挤满了汽车和观众，三太郎热泪盈眶地从窗户探出头来，挥着帽子向人们致意。

"真想让吉野看看这一幕。"夏枝在一旁说道。

34

世上总有些人喜欢说媒拉纤。自己青春已逝，便通过为男女牵线搭桥来寻求性刺激。三太郎面前也冒出一对这样的夫妇。男人是从美国归来的牙医，女人则是当地名流的女儿，因事去了美国，也有传言说她是跟神户附近一个美国人私奔的。总之，这女人又跟牙医钟尾考介结伴回到了日本。

当时，日本正是有思想的新兴妇女运动蓬勃发展的时候，钟尾夫人经常拉着贫穷的大学教授夫人和衣着华丽的商人之妻组织妇女会，甚至连报社的摄影师都邀请。至于工作，则是帮助艺术座的须磨子①，或是兜售泽正②的票之类。

三太郎开办展览会的时候，钟尾夫人每天都来，教教鸡肉的煮法等。尽管年逾三十，她仍穿着少女式样的和服，还不时在桌子底下偷踩三太郎的脚，再抛几个媚眼，甚至当着丈夫的面对他暗送秋波。三太郎很怕夫人这种高调的游戏。

可是，钟尾夫人听说吉野回了东京，正巧她与丈夫也因医师会的事情去了东京，就顺便去找吉野，也见了吉野的父亲，说"这次就交给我们吧，请放心，好容易出去学习一回，要不实在是太可惜了"。于是不管吉野愿意与否，她便把人带回了京都。这时正好是展览会的中期，三太郎对此事一无所知，仍在会场的办公室里抽烟。

---

①艺术座，一家戏剧社的名称，由话剧演员松井须磨子（1886－1919）创立。
②泽正，指泽田正次郎（1892－1929），演员，曾是艺术座的成员。

35

"吉野回来了。"

话音未落，钟尾夫人开门进来。跟在红黑色花朵般的夫人身后，吉野像开在背阴处的虎耳草一样也悄然进来了。

"三太郎这下该高兴了吧。这阵子真是辛苦了。怎么样？"钟尾夫人牵着手把他推到吉野面前。虽然夫人开玩笑的时候很讨厌，但出于见到吉野的喜悦，三太郎也真心接受了她的好意。

"我们今天早晨刚到。带着吉野又是去澡堂又是去美发店，哎呀，简直像打发自己的女儿去相亲一样。我连饭都没来得及好好吃呢。走，到饭馆吃去。"来到展览会却连作品都不看一眼就说去吃饭，夫人的心情倒是可以理解。不过，看到吉野去美发店做的难看的西洋发型，三太郎顿时觉得可怜。钟尾夫人的好意有点过头了，管得也太多了些——尽管吉野和三太郎都没有说出口来，可彼此都觉得很别扭。

当天晚上，三太郎被留宿在了钟尾夫人家里，在与钟尾夫妻只隔着一道隔扇的邻室里睡，并且只安了一副睡榻。这也太会整人了，他很是不快。

"请放心，只管尽情享受吧。"

从隔扇对面传来这样的招呼声，三太郎没有幽默地回应，反而愤然跺了地板一脚，站起身来。

"我回去了。"也带着对吉野的怨气，三太郎开始穿衣服。

"那我也回去。人家受尽煎熬才到今天，看来好心情又要给破坏了。"

36

对于女人来说，光是思恋就够累的了，可是，所有烦恼又一齐降到了吉野头上。展览会快结束的时候，她忽然卧病不起，三太郎却有要事必须到长崎跑一趟。

"请把我也带去吧，我一个人也看不了门。"

三太郎也害怕把吉野一个人留在京都，于是等她恢复得能离开医生之后，带着夏枝和山彦一起上路了。看来这次勉强为之的旅程加重了吉野的病情，办完事情，三太郎来到他们滞留的别府温泉这一天，她在夏枝的搀扶下才好歹走了两三条街，从下榻处迎到车站。三天后，她的病加重到了必须住院的程度。是盲肠炎。三太郎在夜间才回旅店，其余时间一直守在病房里。哪怕他只离开一步，吉野都会感到寂寞。

"女人可真是奇怪。"相识之后才过了四五年，吉野就尽说些过去的事情，"听世上的传言说，先生薄情寡义、用心不专，我也坚信如此，就想跟在身边看看。可是……"

"可是，没想到竟弄到了这种地步……"

"不，不是这样的。先生以前从未被女人记恨过吧？先生不是那种会抛弃女人的人……却可以被女人抛弃。"

"夫人您是特别的，谈不上什么抛弃不抛弃……"

"可是，那样狠心，却不能不说是薄情啊。"

37

有一夜，待一会儿、再待一会儿⋯⋯吉野一再挽留三太郎，不想让他回旅店去。

"我这次似乎是专门到先生这儿来生病的。"

"与其在远方焦虑不安，还不如就这样在彼此身边放心呢。"

"虽说待在先生身边比什么都高兴，可我这身体真是没用，真对不住。"

"瞎扯，瞎扯！不许你有这么庸俗的想法。"

"不过，女人啊，一过了姑娘家的时代，大家就变得一样了。有件事我一直在想。"

"什么事？"

"那个⋯⋯"

"啊？"

"我是这么想的。如果那样做的话，父亲会不得不答应。"

"那样做？怎么做？"

"我⋯⋯"

"什么啊？"

"我想要个孩子。"

"果然，连你也考虑起这种事情来了啊。"

"身体都这样了，或许只是种奢望吧。但我只要活到二十五岁就足够了，年纪越大人越脏，就越不想待在先生身边了。"

"若说二十五岁，那不只剩两年了吗？"

"有两年就足够长了，足够让您疼的了。先生一定要健康地活下去。如果我死了，您若能觉得我可怜，我当然高兴。但我并不想以此拴住先生的心。这种事情，光是说出口就够让人惦记的了。"

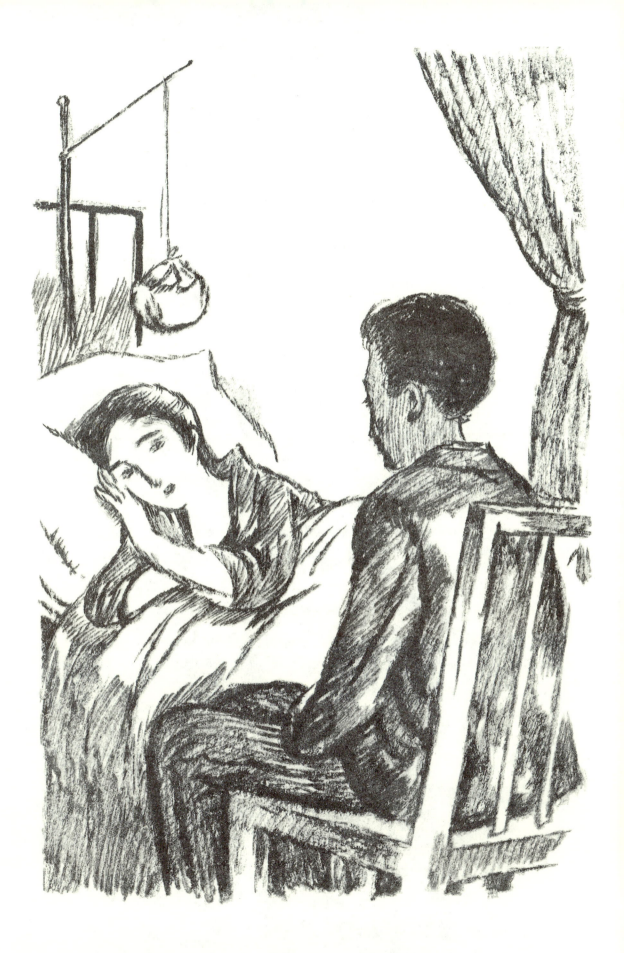

38

　　果然如她所说，第二年，吉野在二十五岁的春天去世了。从别府的医院转到京都的医院，再转到东京，她在忍受了巨大的病痛和劳苦之后离世。三太郎完全乱了方寸，悲愤地围着医院转来转去。

　　起程去往别府的前一天，吉野到钟尾夫人处道别，她当时觉得夫人的好意反而给他们添了不少麻烦，对方也对他们去别府的事毫无兴趣。不止如此，他们去了之后，钟尾夫妇还给东京吉野的父亲写了封信，说"虽然我们一再严密监视令爱，她却遭三太郎诱拐，去向不明"。吉野的父亲自然慌忙赶到了京都。钟尾考介说，"实在抱歉，但既然她被三太郎那样的坏男人盯上，恐怕就无计可施了，我正在查找下落呢"，还煞有介事地派人向当时已回京都进行文展制作的夏枝询问吉野的住处。

　　由于屡次跟别府通信，钟尾连吉野生病的事都十分清楚。他给三太郎发电报要求速归。而三太郎尚不知已遭钟尾背叛，竟毫无隐瞒地回电说"病重稍候"。"若缺钱我给，速回"——看到这不礼貌的电报，三太郎尽管深感遗憾，可考虑到对吉野父亲的责任和治病的事情，还是催促着不想回去的吉野乘上临时列车返回京都。担心路上出事，他带了一名护士，还给冈山的医生朋友打了电话，希望对方能乘坐本次列车同行到京都。一到七条的车站，钟尾夫妇就早早迎出来，说吉野的父亲临时先回东京了。

39

"吉野姑娘的事就交给东京她父亲吧。你得听话。"在京都站相迎的钟尾宣称，还说马上就让吉野住院。

"我要回先生家。"吉野不听。

"别那么说，你不是病了吗？"

"唉，我是病了。反正早晚要死的，我想在先生的身边死去。"

"就算住了院，先生也会守护在你身边。"钟尾说着看了看三太郎。三太郎这才从话中听出他的奸计——名为让吉野住院，其实是完全将她与自己隔离。但吉野坚持说要回三太郎家。

"总之今天先带她去我家。明天的事明天再说吧。"三太郎断然说罢，就回了高台寺的家。

夏枝早在家里为吉野铺好被褥等着了。一看到三太郎，她急不可耐地说：

"我们去了别府之后，他们就通知东京那边了。所以伯父来京都时，我想去见他都不让见。这才露了馅。钟尾他们到底为何这么做？"

"先别管这些了，还是想想怎么安置病人吧。"

"更厉害了吗？"夏枝留意躺着病人的邻室，说道，"在家里怎么看护都不行，还是治病第一。现在根本不是为感情问题争抢病人的时候啊。"

40

总之，让相熟的医生诊断过后，说必须开刀，但不敢保证没有生命危险。三太郎毫不怀疑诊断结果，抱着一定能医好的信念决不放弃。眼下必须尽早让吉野住院。大学附属医院那边钟尾早就安排好了，三太郎根本不愿去。若是东山医院的话，又近又好，于是决定让吉野住进那里。

"就算是经先生安排住院，也不能不叫父亲来吧？即便与钟尾那边绝交了，我也害怕去医院。"吉野说。

"你这么说我也很为难。可无论如何还是治病要紧，对不对？"

就在这时，钟尾前来通知，吉野的父亲从东京来了。

"听着，无论是去哪里，都得是像样的医院才行。"

钟尾刚回去不久，门口就传来声音："我是轿夫。"来人说着就把轿子弄了来。

"谁让你来的？"

"是个姓钟尾的人说的。要住院的是贵府的人吧？"

"是倒是，可安排得也太周到了。"三太郎说着返回吉野的房间，只见吉野正用被子蒙着头。

"你都听到了？"

三太郎说着坐到了枕边，吉野并未回答。被子中传来断断续续的呜咽声。一旁的夏枝什么都说不出来，只是默默地用袖子擦拭眼睛。三太郎像木头一样黯然地坐在枕边。

"我们都在等着，请快点吧。"轿夫催促的声音传来……

41

三太郎的书信。

东京 A 兄：

　　十分感谢您每次来信都询问病人的情况。手术的过程还算顺利，但病况愈加恶化。尊兄刚从京都起程，吉野的父亲与继母就来京都了。在此之前，也正如尊兄所知的那样，夏枝姑娘与我轮流守在她身旁。后来，我们就被以"父母正在照料"这种借口给赶了出来，但还是一天去医院探望两三次。吉野说医院的饭菜不合胃口，女佣阿仓就一天三次送去不同地方产的甲鱼和加吉鱼。可有一天阿仓告诉我，医局①禁止从外面带进食物，还说未能见到太太的面，不住地叹息。

　　可事情岂止如此，之后我去探望时，病房门口贴上了一张纸，写道"因病重，除近亲之外，禁止他人踏入一步，院长"。我毫不在乎地闯了进去，发现吉野的父亲和继母正在前面的小间吃饭。看到我，她父亲站起来，用拿着筷子的手指指贴纸，要把我赶出去。我或许并非近亲，可坚信自己比吉野的近亲还亲。而且既然是病重，我怎能不看望。于是我推开老爷子，硬是拉开了房门。结果，那对肥胖的钟尾夫妇不是正坐在吉野枕边吗?!我怒发冲冠，只觉得自己的头发像树丛一样竖起。若不是查房的院长过来，我不知道会干出什么事来。院长说道："为了病人请不要激动。"不管怎样，我无法不听。

---

①医局，医院内部的一种组织，主要指大学附属医院内的各研究室和诊疗科等。

42

　　我到院长室责问那张纸的意思，为什么钟尾算近亲，却独独把我排除在外？总之，虽然我占理，可与院长的会面无非是在不快之上再加一重不快。钟尾是本地人，我却是外地人。并且在男女之事上，女人总是被可怜的对象。想把我变成一个坏人，恐怕连一分钟都不用吧。

　　后来我去责问钟尾夫人的弟弟，他从法律系毕业后做友爱会工作，姓坂山。我说："你对我与吉野之间的事应该很清楚，你姐姐为什么要做那种事，你可知道？"

　　结果对方却说："听姐姐说，吉野姑娘并不爱你，将你们两人分开是身边人应尽的义务。"

　　"那你也这样认为吗？"

　　"我并不清楚吉野姑娘爱到了何种程度，总之都是姐姐无德，希望你不要责怪我。"

　　这就是坂山的回答。从这样的人口中虚构出来的"事实"又作为新的事实不断发展。一想到我们的生活还有命运，我害怕起来。吉野的父亲"想把女儿从他那里夺回来"的心情，于我更是如同火上浇油。像坂山那样的年轻人以一句"姐姐无德"便可了事，对这种问题根本不管不问。至于其他，钟尾似乎和医院的看鞋人都打了招呼，我最终竟连医院的大门也进不去。本指望吉野康复后，幸福的日子就会降临，可这种希望一点都没有了。

　　"好，既然你们不仁，那就休怪我不义。"我下了决心，取出村正短刀，反复比画起来。

43

　　我从未想过要去杀谁，所以村正刀始终还是没有出鞘。只是隐约记得曾与吉野的父亲扭打在一起，从医院长长的楼梯上滚落下来。当我睁开眼，才发现已是头上包着绷带躺在自家二楼了。

　　"真是一场喜剧。"

　　"您醒过来了？"服侍在枕边的夏枝说。这不是梦。据说吉野都拖着病体摇摇晃晃走到了医院的走廊上。这种如电影般激动的人生场景悲惨至极，简直像一出喜剧。可我竟是一个无法从这画面中抽身的人。绘画时那总是以平面角度而从不以立体方式来看待事物的习惯，已完全渗入了生活。

　　无论怎样，这样一来就无法见到吉野了。A君，我想回东京。也许这封信还没到你手里，我就跟你见面了。如果出现在电影里的话，想必会给我的背影来个特写。哪怕是给敌人留下机会，我也毫无怨言。就这些。

十一月七日

三太郎

　　三太郎与山彦乘上了七日夜间开往新桥的列车。前来送行的夏枝说："先生，我也想回东京。我不放心您。"

　　"我没事，你还是先看看吉野吧。我是不会死在她前头的。"

　　"姐姐也说马上要回东京。"

　　山彦刚才带了女佣去医院道别，所以如此说道。

　　"山彦这孩子，都吃过太太的奶了。对吧，山彦？"

　　听了女佣的揭发，送行的人都笑了。

44

时隔三年，三太郎又回到了东京。在东京站下了车，领着孩子提着旅行箱，想想可去拜访的朋友，却觉得哪一个都不便打搅。至于旅店，他想起了一个从乡下来的朋友曾住过骏河台的龙名馆，就让车子先去那里。

掌柜的又是登记又是拿来三越的购物指南。三太郎俨然一个旅人，从窗户眺望着宫城的石墙和招魂社的大鸟居。

东京真大，生活着这么多的人。而且，似乎每个人都比三太郎优秀，过得更幸福。

这天大概是礼拜天吧，附近尼古拉教堂的钟声久违地响起。为了创造跟吉野共处的时间，三太郎曾经常进入这栋穹形建筑。不知为何，他总觉得吉野的事情就像是很久以前，或者是离世已久的人的事。他履行义务般打发掉送来的一日三餐，就迷迷糊糊地打盹度日。

一座城市给旅人的第一感觉就是它的声音。任何城市都有特别的声音。长崎有，京都有，东京也有。三太郎一面思考着这些无聊的事情，一面恍恍惚惚地听着东京的声音。无论是这种醉生梦死的状态，还是这样朦胧的朝夕，倘若如此度过的话，倒也不错。

"爸爸哪里也不去吗？"厌倦了玩具和画战争画之后，山彦催促起父亲来。

山彦这一年开始上小学，第二学期却大部分都在休假，得想想办法把他弄进东京的学校了。孩子越是像自己这样闲着没事，三太郎就越不安生。为了孩子，应在东京再安个家才是，可这种事情他连想都懒得想。

45

　　"人这种东西真是可怜。想摆脱一种烦恼，就得寻求另一种烦恼，只有在过渡时期才能稍微休息一下。"

　　这话虽不是科诺克①的女患者说的，但总之意思不差。

　　三太郎在烦恼的追赶下逃到了东京，可那儿仍有新的烦恼在等待他。首先是山彦上学的烦恼。在别人的介绍下，三太郎决定把孩子送进大久保一所寄宿制小学。他放下孩子和被褥，回到先前让孩子寄住的朋友家里。

　　"太太，很顺利地送进去了，多谢。"

　　"啊，不过真够可怜的。孩子没有哭吗？"

　　"我要走的时候似乎哭了会儿鼻子，但有许多朋友，他正在那儿玩呢。"正说着这些，山彦却被放在车上和行李一块儿拉了回来。学监附的信只说"此孩童恕难留下"，并未说明理由。三太郎也是为人父者，又气又担心，立刻去询问。可总之便是因为三太郎不是有钱人。他无言以对。

　　"抱歉。我还是忍不住说出来了。毕竟您的确称不上有钱人。但我已经说过了，让他给找处好地方。"作介绍的女人立刻把三太郎领到了另一家。那家有个比山彦还小的孩子，男主人似乎是个随和的年轻人。太太像教会干事，总是面带微笑、处事得体。

　　"您或许从关屋太太那儿听说了吧，我虽不是有钱人，但刚才说的那些每月都会带来。"三太郎如此说道，关屋太太也认真地对那家太太解释了一下。最后终于把山彦送进了学校，三太郎不禁舒了口气。

---

①科诺克，法国戏剧家朱尔·罗曼（Jules Romains）的剧作《科诺克或医学的胜利》的主人公。

46

吉野辗转于病榻之间，这一年也到了年底。某日，她从京都转到了东京的医院。

尽管脸上不大看得出病容，吉野伸过来的手却那么纤细，简直像痒痒挠。她紧紧握住三太郎的手，说道："终于还是活着回到了东京，太好了。"看到吉野仍对明天抱有微弱的希望，三太郎也鼓励自己一定要打起精神来。

退掉骏河台的旅店，三太郎住进了本乡医院附近的富士大酒店，在入口处报上名字，说是某县人某某。进得食堂，坐在初中生旁边平静地喝着稀薄的酱汤，他不觉恢复了学画时代的无忧无虑。

作为工作的开端，他首先整理了献给吉野的歌集，以《她的侧脸》为名交付 S 社出版。朋友们在万世桥的天皇餐厅为他举行出版纪念会，兼作欢迎会。盛况空前，三太郎极为高兴，非常激动。帝国剧场女演员桃井叶子独唱他的小曲《宵待草》作余兴节目时，他差点哭出声来。虽然把歌词写出来很啰唆，这却是他在等待吉野的夜里所作。为了病榻上的吉野，他握住桃井叶子的手拼命摇，几乎要给摇下来了。

前一阵子还挥舞村正刀的三太郎也对尘世敞开了心扉。时值年末，大街上出售的旗子和提灯增加了不少热闹气象。针织品店二楼有乐队在演奏海军进行曲。三太郎不觉和着旋律，戴上帽子与提着小匣子的绅士们并肩前行。忽然，似有一阵凄风掠过大脑，他想起山彦的事。山彦想要个黄铜喇叭。

"想要的时候就给你买。否则长大以后，一旦想起没有买到的喇叭就可怜了。"

47

　　"回忆那往救济锅里投进一分钱的过去，不如想想贫穷得只能投进一元钱的现在。"三太郎一面在傍晚的街上转悠着为孩子买喇叭，一面想着这种歌。不觉又伤感地想起还有家的时候，年末经常去购物的那家店和那条街。他本该回到心底一角那无忧无虑、没有债务烦扰的学画时代，不知为何仍有一种对不起某人的寂寞牵挂。

　　"不可能对不起谁啊，只是你的心太贫瘠了。快丢弃那些像彩色灯芯绒袜子般的伤感。抬起头来，走，走。"

　　三太郎带着喇叭，振奋地朝孩子寄宿的人家走去。虽然觉得有点奢侈，他还是买了橡木的椅子和书桌带去。

　　"喂，阿彦，快看。爸爸给你买了大学生用的书桌。"那家的太太一面将桌椅搬进腾给山彦的三叠①大的房间，一面说着。山彦把喇叭和新教科书之类摆在桌上，又把爸爸的照片贴到墙上。三太郎想，这样可不行。上次孩子就给他住的旅店寄去一封令人流泪的书信，说："我已经厌恶这里了。请来取走行李。我求您了，希望您快点来。"若是又让山彦产生这种心情就糟了，所以他努力装出快活的样子，看着山彦将喇叭放在枕边睡着才离开。

　　三太郎一回到旅店，女佣就说刚才医院打来了电话。以前医院从未打过电话来，他想去看看。瞅了瞅表，已过十点。此时医院那边又来了电话，是吉野的堂弟打的。

　　"姐姐九点二十五分断气了。今晚父亲也情绪失控，都乱套了，本想叫您来，可考虑到姐姐的心情，就没有特意去迎您。"

　　三太郎返回房间，坐在卧床上怔了许久。

―――――――――――

①叠，日本面积单位，一叠为一个榻榻米大小，约 1.62 平方米。

48

前天是她的忌辰，祭拜回来到新剧协会瞧了瞧，回去时去了银座。到明治屋，见久米正雄①手忙脚乱地抱着包朝架子上看。我望了会儿这令人满意的光景，不觉凑到他身旁。"采购了这么多。""是啊，不知产后吃什么好。"我也不知道，但看到我买了前阵子想要的腌渍的小加吉鱼，他也买了些。

"好久没见了。"

"你若方便的话，一起喝杯茶吧。"

二人便走进爱斯基摩咖啡店坐下。

"我不时也读读《出帆》呢。"

"那样写也够难的。反正那些看错了书名的读者会说，里面的画又不好。毕竟画不好的时候实在是没面子啊。"

"毕竟最近流行吃人的画。不过，写小说却难得很啊。"

"哦，怎么个难法？"我正要向这条道上的烦恼人问问答案，可对方毕竟是知名人士久米，到处都有年轻女孩过来打招呼。不久，火车发车的时间到了，谈话于是就此结束。

哎呀呀，各位读者，这是作者的日记，并不是小说的正文。不久后在三太郎面前出现的姑娘十分偏袒久米君，她跟久米君不是不认识，因此，说不定作为作品中的一个人物，还需要久米君的帮助呢。如果小说与现实生活如此混淆，作者的烦恼也就不同寻常了。

话说我们的主人公三太郎，在最爱的吉野死去后，莫说是国外了，甚至可能去更远的地方呢。朋友们都担心不已。

---

①久米正雄（1891–1952），日本小说家、剧作家。

銀座山田家
一九三七・六・十八か
写

49

岁月真是不可思议，三太郎一度想过"既然如此痛苦，还不如死了的好"，可不觉还是恢复了精神。不知是可悲的事实退却了，还是新生活前进了，总之冬去春来，他似乎也开始专心工作。夏枝从他在京都的家搬了出来，带着家什（都是些画稿、书、油画布之类）回了东京。解开这等待已久的行李，那幅未完成的百号油画布也露了出来。

"在东京也办个展览会怎么样？稍微添上点就能办得不错。"一个被同伴喊为"面包"的青年，一面把画框竖到墙上一面说道。他从初中起就是三太郎的读者，此时在美术学校上学。

"是啊，那就弄弄看。现在倒很想画，可是没有好模特。"

"有啊。模特最近有了，那个人您一定会满意的。"

"是吗，有空能不能带过来看一下？从现在起，我也要学一学。"三太郎自我鼓励似的说道。在一生中，他究竟说过多少次"好日子就在后头"呢。

星期天美术学校有模特见面会之类的活动。早晨，面包早早到了，拨开聚在等候室的一群模特，到处寻找那位姑娘。

"你在找谁呢？"一个模特问面包。

"叫什么来着？啊，对了，阿花有没有来？"

"啊，真稀奇，你要用阿花姑娘？"那位模特调侃道。

50

"你真要用她当模特？那肯定能画出美丽的花来。"那位模特嘲笑面包，因为无论是从画风还是从面包的长相来说，阿花都不适合给他当模特。

"不是我，要找阿花的是……"面包似乎觉得自己穷得被人看扁了，根本用不起模特似的，急忙辩解。

"那是谁？而且，阿花最近可那个了，她要是不愿意，哪儿都不去。"

"是三太，三太想用。"

"啊，是山冈先生啊，那我给你问问。"

"那就拜托了。"面包把找阿花的事交给了那位模特，正要从通往谷中方向的后门出去，竟碰上了阿花。

后来，每当忆起此时的情形，阿花便讲给三太郎听。

"面包一看到我就吓了一跳，啊了一声，脱口而出：'太好了，我刚才还在找你呢。你赶紧来一下，去见三太先生。'当时即使说起三太先生，我也不知道啊。那时我病刚好，一直在休息，第一次来学校，根本没打算跟任何人约谈。但面包当时很郑重，简直像军人对大将说话似的。我颇受感动，就约好第二天过去。原来三太就是这个人啊，总觉得有些难以接近。毕竟我那时才十七岁。"

在约定的早晨，面包带着阿花来了。阿花是个面色苍白的姑娘，身穿手织的条纹夹衣，肩膀纤弱，尚有一种少女的感觉。

51

一天早晨，阿花进入三太郎的房间，发现刚起身的三太郎正坐在床边抽烟。

"我是不是来得有点早了？"阿花有些顾虑。

"不，哪儿的话。正等你来呢。其实我嫌泡茶麻烦，你泡的红茶又那么好喝。我还想什么时候学学呢。"

听了三太郎的夸赞，阿花有点得意。

"以前常去见的一位先生也喜欢喝茶，不知不觉就学会了。"

"喝酒也是跟那位先生学的吧？"

"啊，您怎么知道的？"阿花停下斟茶的手，吃惊地望着三太郎。

"真让我猜着了。其实我根本不知道。"三太郎虽然这么说，其实阿花总去学校一位雕刻家土田先生家中并深受喜爱，甚至遭到土田夫人嫉妒，还有她在土田的画室当着衣模特摆姿势的事，他早从面包那里听说了。

"最近不去那位先生那儿了？"

"嗯。"一提起土田先生的事情，阿花似乎就很痛苦。三太郎察觉到了，没多问，可阿花又想起了这总想忘却的事来，她真想找个人抱住痛哭一场或是大醉一场，否则心情就无法平静。每当此时，阿花定会想起两个友人：一个是可信赖的朋友，一个则是心爱的朋友。哪个都不可或缺。

52

　　阿花出生在东北地区距离某个小车站约二十四里的深山里，是一户富贵人家的小女儿。据说母亲是后妻，一个谁都想娶为妻子的美人，是从城里娶进门的。她在村民口中是个"城里的媳妇能灭灶"①的女人。当时家道已经衰落，甚至到了连山和田地都要卖给别人的地步，父亲却照旧以酒和女人解闷。

　　阿花就降生在这种时候。一个前来祝贺的亲戚的老婆夸道，"哟，好个模样俊俏的小妮子，准能值五百两。"哪承想老爷子听了，拿起棒槌就把那女人赶了出去。但女人惹怒老爷子的这句话，虽是说者无心，可未必没有言中阿花的命运。阿花九岁的时候，行将死去的老爷子把妻女叫到枕边，流着不轻弹的男儿泪嘱咐："无论发生什么事情，唯独这个孩子不能卖。"

　　阿花和母亲不久就去了城里。不懂家计的母亲靠变卖家当过日子，眨眼间便连老爷子买下的宅子都卖掉了。当时城里还有母亲的娘家，经常去要些米或味噌，母女俩才勉强活命。

　　到后来，也不知是盯上了母亲还是阿花，还是企图把母女俩给卖掉，一到深夜，就有那种世间常有的二流子来阿花家里住。他比母亲年轻，用阿花的话来说，是个很气派的男人。毕竟阿花当时也十四岁了。

　　一天夜里，阿花被不寻常的声音给吵醒了，只见那男人正按住母亲，狠狠打她的头。母亲既没哭也没叫，一任折磨的样子。

---

①炉灶在日本象征一家兴旺，用"灭灶"指代一家没落。

53

看到这种光景，阿花哭了。见她醒了，那个男人默默消失在黑暗中。

"没什么，不要哭。"母亲说着给阿花盖上被子。尽管受到了那样的欺侮却说没事，阿花隐约明白了母亲的心情，怎么都恨不起那个男人来。她由此逐渐明白了男女的爱欲是何等之深。对那个男人来说，无论是给阿花买点心还是折磨她母亲，都是出自同一种情意。

阿花不堪忍受在这间屋子里苦闷的爱中生活。不止如此，那个男人有天把阿花带到一户院子里洒了水的整洁人家。一个太太模样的胖女人热情地迎接他们，频频夸她气质好。这一家还有些与阿花同龄的女孩子，都穿着长袖友禅和服。那位太太试探着问阿花，愿不愿意做她的孩子。可不知为何，阿花只想赶紧回到母亲那里。

原来男人是想把阿花卖到这艺伎屋，后来明白他的居心，连母亲都大吃一惊，说那是个可怕的人。

阿花给住在东京的同母异父的哥哥和姐姐写信说，"请把母亲接到东京吧，如果待在这里，母亲和我都会不幸的。"在姐姐来信再三催促之下，母亲终于答应了。母女二人装作要去深山里的家，从离城稍远的车站悄悄登上开往东京的火车。

54

火车开动了，连个送行的人也没有的旅人不禁探出头，望着逐渐变小的镇子失声痛哭。虽然这是有生以来的首次旅行，又十分孤独，可阿花孩子般的心中却鲜有离愁，更多的是对新鲜事物的好奇。每当火车停下，她便探头眺望陌生的村镇。虽然传闻中的隧道那么可怕，她还是很满意看到的一切。

火车接近东京时，她激动地眺望着东京的景色，但发现家家户户都比预想的更小更脏，不禁失望了。当然，哥哥的家和姐姐的住处也都不甚豪华。母亲却像把抛在远方的男人给忘了似的，一面念叨着"东京的东西真便宜"，一面东张西望地溜达。

来东京之后，阿花到处找工作，后来在一家生产今户人偶的工厂里干活。不服输的阿花早出晚归，很快熟悉了工作。

"是您的女儿吗？好漂亮啊，又这么懂事，真让人羡慕。"一天早晨，住在附近的一位美术学校教师的妻子看着阿花的背影，跟她母亲攀谈起来。还问在工厂能挣多少钱，又说学校有那种做绘画模特的工作，拿到的钱是现在的十倍多。十倍的工钱当然不坏，而且工作的对象是教授或学生，很是高雅，这不免让母亲动心。

"那些不知情的人一说起模特，就以为要在男人面前裸着身子，其实也有穿着衣服只坐在那里的模特。"

教师太太终于说服了母亲，她决定让阿花去做模特。然而当着儿子的面，母亲仍像以前那样掩饰说，女儿是去工厂上班。

55

    阿花被美术学校的先生带了去。两人走过一条她每逢休息就从谷中的家步行到浅草观看活动的路。先生飞快地朝上野森林里的某栋洋楼走去。阿花以前经过时还以为这肯定是所孤儿院，不禁一怔。

    进去一看，里面竟有那么多人，都是穿着金扣西装的学生，阿花十分高兴。另一个房间里聚着四五十名年轻的女孩，看来是和她做同样工作的。不久，学生们便一个一个地进来交涉，谈妥后女孩便被领走。阿花面前也来了个学生跟她谈起来，她一点也听不明白，就请先生翻译了一下。终于谈妥后，她便被那学生带到树林中一处肮脏的房子。

    阿花顿时后悔选择了这种工作。房子里面更脏，到处散落着面包屑、腐烂的苹果、纸屑和未画完的画布等等，连个休息的地方都没有，墙上还挂着破裤子和白泥塑的人手之类的东西。刚进去，油味中便有一个长胡子男人忽然说了句"哦，来了。你要裸体吗"。阿花吓了一跳，连忙拒绝，对方便说"噢，那坐着就行"。二人便让阿花在杂乱的垃圾中坐下来，开始画画。

    阿花反倒觉得这脏兮兮的学生很亲切，看去甚至比工厂里那些年轻男人还温和文雅。画个三十来分钟就休息，比在工厂轻松多了。虽然这些人说的话阿花不太懂，这儿却是个与世隔绝的恬静世界。

    之后，阿花不断地造访学生们的画室，她逐渐受到了大家的喜爱。同时，她也喜欢上了一个学生。

56

阿花在朝气蓬勃的学生的簇拥下像小鸟一样唱歌跳舞。年轻人总是有许多欲望，总会想方设法折腾自己。对学画的学生们来说，和阿花嬉戏十分快意。阿花那东北口音浓重的天真话语，那像野生小树般富有弹性的苗条身躯，都带给他们无比的快乐。她已不再为自己是乡下姑娘感到耻辱。她在他们自由而恬静的生活中徜徉。但其中也有想久久把她放在膝上的家伙，甚至有想单独跟她搂搂抱抱的。即便在这种时候，阿花也能倏地一下躲开，还能拍着手笑出来，因为她还年轻。阿花还喜欢冒险，到危险边缘玩耍，因为她还年轻。

她暗暗思考，难道自己的体内或是心中或是某处，住着一个能歌善舞的美丽人偶一样的东西？还自作多情地想，男人们一定是想得到这个人偶，才想触摸自己的身体吧。

"你要是再摸，我发脾气了！"

不过，可不可以一点点地献给自己喜欢的人呢？若是一次就献给某人的话，是否就还不回来了呢？阿花不清楚。总之，那种心情就像捉迷藏的孩子嘴里说着"还不行"往暗处藏一样，或者有某种幸福的东西在等着她，如果让她再等等，她就会扑哧一声笑出来一样。

去一位姓五木的学生的画室是她最大的快乐。"大臣的儿子都成了你的恋人，阿花你可赚大了。"每当模特朋友们酸溜溜地打趣，阿花总是一本正经地回答说："他也很喜欢我啊，就跟我喜欢他一样。不赚不赔呗。"虽然阿花也在心底想，若是这个人的话，我什么都可以给他。可是一到只剩下两个人的时候，她就只知道笑了。

57

阿花十六岁了。时值春天。这是个温暖的傍晚，即使脱下布袜，脚后跟都还微微泛红，有点出汗。

由于土田是学校的教授，无法拒绝，阿花便暂停去五木的画室，只去土田的家了。工作沉闷乏味，连个玩笑都不能开，而且生来第一次要在男人面前摆裸露肌肤的姿势。倘若拒绝的话，大概会丢掉学校这份工作吧。五木见不上了，也无法跟伙伴们嬉闹了。既然这样，还不如裸身好呢。阿花索性忠实地工作起来。

模特同伴们都说土田有恶习，据说光是赤脚从他画室逃出来的姑娘就不下三五人了。有人听说阿花被他雇用后，就曾提醒过土田"您可得正经些"。而且，土田夫人也有事没事频频出入画室，向阿花投去嫉妒的眼神。即便只看这些，也不难想象土田所受的防范。

阿花在模特台上能觉出来，土田的目光日渐玷污她的心。可是这份职业注定了她没有办法防范。

一天，阿花结束了工作正在穿衣服，那双粗大的胳膊忽然像疾风般搂住了她，将她抱到躺椅上。时值傍晚，四周的事物顿时模糊起来，阿花只觉得肉体和心灵都去了远方。

终于回过神来，阿花已摇摇晃晃地走在白山的山坡上。那是通向五木家的路。"五木哥，对不起。我是个可怜的模特，请你不要憎恨我。"尽管嘴里如此叨念着，她却无颜去见五木。

"母亲，你的女儿已经变成了一个真正的女模特。哈哈哈。"阿花一面自言自语，一面从山坡折返了。

58

之后，阿花想起一个学画的男生来。他姓花井，虽然年纪大一些，却温和可靠。这一年二月起阿花一直为他做毕业作品的模特。从相遇那天开始，阿花便喜欢他。

花井正在家，看到摇摇晃晃走进来的阿花，问道：

"你怎么了，脸色这样难看？"

阿花扑上去，把脸埋在花井的膝上，颤抖着哭了。

"怎么了，挨你母亲骂了？"

阿花默不作声，仍在哭泣。花井为她抚平散乱的头发，安慰道："你说说看，说不定我还能帮上忙呢。"

阿花忽然抬起脸笑了。"没什么。我自己的事，有什么想不开的呢。"她似乎要忘记什么，使劲摇摇头，接着拿起一边的酒坛。

"没事了，什么都不要说了，喝酒喝酒。"她把酒全都喝干了，"花井先生，你以前对我很好吧。无论我怎样你都会疼我吧？今晚能留我住下吗？我已经是女人了。"

花井好歹哄住发疯一样的阿花，当晚也没留她住下，很晚才把她送回家。

后来，阿花的血液中似乎仍澎湃着一股未知的力量，飘飘然连自己都无可奈何。白天到五木的画室去摆姿势，一到晚上必然闯到花井家里，不是让他带自己去参加活动就是去喝酒。

"花井和五木，我喜欢哪个？五木是我的恋人，花井是我的丈夫。思念和思恋有什么不同，你能说出来吗？说不出来吧？就是这样一种心情。"

阿花喝酒之后，对模特同伴们如此说道。

59

一到夏天，找阿花做模特的学生们就去购买新画布和颜料，或是去海边和山里，或是回到故乡。可阿花的工作仍接连不断，经常被学校的教授们、拍写真的外国人或喜欢画画的业余画家雇用。

随着接触各种男人，阿花逐渐觉得也不能只恨土田一人。男人这东西，十人中有十个都是为了满足欲望才去爱女人的。一旦完事，在下次重逢之前早把你忘光了。所以恋爱之类的事她已不敢想了。就连那样和蔼的花井也是如此，他一毕业就回了九州，到现在连张明信片都没寄来。但不能就此说花井坏或是变心了。只因为他人在远方，才变得疏远了而已。

阿花又开始出入土田的画室。一旦成了那种关系，任他是四十岁的成年男人还是教授，都会像男佣一样听女人的话。但阿花仍未学坏到利用男人弱点的地步。至多让土田的妻子吃点醋，她就觉得很好玩了。

"喝酒，先生。没事的，别担心太太了。你看，白头发都添了不少吧？"

阿花无论怎么想，也不觉得自己爱土田，却逐渐懂得了男人能给的快乐。一喝酒，一切都会变得有趣起来。酒一定是一种悲伤、后悔和怨恨的柴薪，也是让人燃起情欲的油吧。

习惯这东西无论好坏，今天一旦养成，明天就一定会继续下去，甚至要一直带到墓里。尤其是对年轻姑娘来说，最初的男人往往会决定她的命运。在破罐子破摔的可怜的阿花身上，更坏的事情又接连发生了。

60

"咦？这是怎么了？这……"一天早晨，阿花忽然被母亲给摇晃起来。母亲发现她的乳头变黑，大叫道，"你做了那种丢人的事？"

母亲又惊又怒，大声斥责她。她把所有的事全说了出来。

"可是，母亲，这不能怨谁坏，只怪我们穷。就算是父亲，也会原谅我这可怜的女儿吧。但您不用担心，我的事我自己会处理。"阿花很淡然，母亲却无法不担心。她认为这件事必得告诉儿子，还得找个有威望的人做中间人跟对方交涉。阿花却反对。

"母亲，你说得跟先生要钱对吧？可谁都不会相信我是个正经女孩。如果要钱，那不等于我在出卖自己的身体吗？若让人说我是为了钱出卖贞操，那才对不起死去的父亲呢。而若是我自己犯下的过错，我想父亲也会宽恕的。"

"可你不是让人糟蹋了吗？"

"母亲，算了吧。若说是让人弄成了这样，那我很悲哀。世上贫穷的姑娘真可怜。我是自己堕落才做出这种事的。"

母亲虽然不为有这么一个堕落的女儿后悔，但得为将来的生活和费用打算。贫穷的女儿并非出于自身的意愿，都是由于男人一时的恶念，竟落到了要怀胎生子的地步，这事绝不能就这么算了。世人的非议在母亲的世界里习以为常，她倒是无所谓，可有脸面的男人不能不在乎。应该让他做些什么。

61

阿花住进了街头一家产科医院，在一座寺院里面。她发现，世上有的是那种要背着人偷偷生子的不幸女人，不光只有自己。各样的男人和父亲都悄悄来这里探望产妇。

"这若是花井先生的孩子，该多么令人高兴啊。"阿花竟忽地生出这种女人都会有的心情，觉得自己既不可思议，又很可怜。

土田只托人给阿花的母亲送去了若干的钱，连一封慰问信都没有。阿花却不怨恨，也没有生气。她想至少会在见到五木之后获得些安慰吧。不过，在这种境遇下作为恋人见面，在身为大少爷的五木来说似乎不太可能。

无法降生到好人家的孩子最好不要降生。阿花的胎儿幸而发育不良流产了。十月底，她终于出院，之后一直在哥哥家休养。暑假中攒足了精神和创作兴趣又回到东京的学生频频来信，要她赶紧去工作。居心不良的伙伴也写来言辞委婉的书信试探她的心意，她却提不起兴趣。唯有五木她还是想见一见的，于是见面了。

那是进入十一月后一个寒冷的日子。阿花被面熟的女佣迎进去，领进别院中五木的房间。五木毫不掩饰自己的喜悦，顿时跑过来抓起她的手。一看到他的脸，阿花不禁想哭出来。

62

　　两人的手指在被炉下碰到了一起。虽然此前曾数次肌肤相触，却从未有过这种全身酥麻的感觉。阿花的心口像被勒紧了一般，羞得脸红。五木则简直像在梦中。阿花与学生们的传言以及土田的事情，他都听说了。久未见面，阿花无论眼神还是言谈举止都像换了个人，变得富有女人味，这些五木也看在了眼里。他本能地产生了想把阿花占为己有的欲望。

　　"阿花，我也想体验一下各种事情。"

　　阿花微笑着听五木这率直而又单纯的要求，然后像姐姐拥抱弟弟似的，紧紧抱住他的胳膊。

　　"少爷，有客人。"老婆子在隔扇外喊了一声，五木的挚友铃木随即拉开门走了进来。阿花有些惊诧，五木却毫不慌乱："你能不能先去一下客厅。我现在正求婚呢，待会儿还有事跟你商量。"

　　这里所说的要商量的事，指的是想和阿花订婚，还有把阿花和妹妹一起送进学校，并把这些打算告诉她。

　　铃木的想法则比五木的更世俗。

　　"只要阿花愿意，她母亲当然会答应，可你的双亲大概不会吧。新媳妇若是做模特的姑娘……"

　　"我父母并不在乎这些。问题是阿花能不能让母亲相信我们之间的爱情。"

　　"那我就问问双方父母的意见。当然，能不能办好可不好说。不过在此期间，你们得回避一下结婚的话题才行。若是被看出你们二人不是那么郑重其事，我的事就不好做了。"

63

阿花做梦都没想到真要跟五木结婚，尽管她知道五木的话没有半点虚假。

"若是连我这样的都成了你的妻子，那才要出大事呢。反正般配的小姐你身边也有的是。"

"我是真的爱你。"

"这我知道，所以才要在你厌腻之前好好让你疼、好好跟你玩耍啊。我只要这些就足够了。你还不知道，我是个坏女人。并且男人都是这样的，很快就会厌腻所玩弄的对象。"

阿花与五木分别后，想起对他说的话来，不觉有些凄凉，对无意中答应的在铃木谈妥之前不再与五木见面的约定也后悔了。而本该来转达五木之意的铃木，过了十天也没有来。

"到底是怎么了？难道是五木从铃木那儿听说了什么，不喜欢我了？"阿花开始胡思乱想，"我是说过一句'我是个坏女人'，难道五木没想歪，铃木却给想歪了？"

"我压根没有从五木那里得到一件衬领之类的东西，一点也没有那种卑鄙的想法。只要那个人能接受，我什么都可以给他。就算我再怎么是个穷姑娘，也不能往歪里想啊，真丢人。"阿花钻起了牛角尖。

阿花舔着铅笔，试着给五木写了好几遍信，既想完全写出自己的心情，又想写好字，却都很难。最后她只给铃木写了张明信片，要他明晚到池边来一下。后来她又想，要是再写一句"到时候把五木也带来"就好了，不过随它去吧，说不定自己会对五木死心，索性赶快终结这种苦闷的心情呢。

64

阿花的血液中潜藏着一种野性而狂暴的因子，动辄要往危险的泥潭中沉陷。但她又有一股想抓住某种正直纯粹之物浮上去的坚强意志。花井离去之后，五木就成了阿花的光明。但他却无法抱起受伤的阿花来庇护她，他太年轻，太无力了。

阿花在约定的时间早早来到池边等着。不久铃木来了。

铃木的话是这样的："五木正为与你弄成那种关系后悔，想通过结婚来补偿。你却拒绝结婚，这究竟是因为何种理由？如果你们两人照现在的状态继续保持关系，恐怕会受到世人非议。若是断绝这种关系，你有什么要求？我想听听。"

"铃木先生，五木真是这么说的吗？"阿花咽下悔恨的眼泪，问道。

"当然，五木是我的挚友。你不也是我的朋友嘛，哪一方我都不会偏袒。只是原原本本照五木的话转达。"

"是吗？那好。那请你转告五木，就说我再也不会见他了，也根本没什么好说的。"阿花说完这些，撂下铃木就跑开了。

"喂，阿花说什么？"藏在暗处的五木钻出来问铃木。

"阿花不愿结婚也不愿见你。结果没有沾上一点麻烦，太棒了。"

"撒谎！不可能。"

五木说完就要去追阿花。铃木抓住他的手，说：

"算了算了，那种女人，拿出个男人样子来一脚踹了她。我是可怜你才这么说的。"

65

阿花拼命朝池边黑暗的地方跑去，喘不动气了才停下。这时，一阵熟悉的三味线声从水池对面传来。大概是弁天堂内某家茶店里的吧。

"像我这样的人还不如不活，落得这种下场是理所当然。只是，世上的人看去怎么都比我幸福。"

仲町那边并排的房子，二楼灯光明亮，不时传来男女的嬉笑声。有些男人体贴地拥着穿得暖暖和和的女人回家去。昏暗的小巷里时时传来女人的窃笑。

阿花不知不觉来到三桥。昏暗的瓦斯灯下面聚着一群人，她也靠上前去，从众多抱着袖子瑟瑟发抖的肩膀之间往里一瞧，只见柳树根上坐着一个男人。看来是刚吹完一曲，他像在清点人家丢给的铜子一样，把钱逐个捡起来收到袖中。看样子是个盲人，在这样的寒天里只穿着一件连棉花都绽出来的衣服。男人又拿起尺八吹了口气，而后缓缓吹起来。阿花似乎在哪里听过这支曲子，和母亲撂在北国的那个男人心情好时吹的一模一样。不会就是他吧?

阿花不由得分开人群凑上前看看他的侧脸。虽然埋在胡须和污垢中的脸已无从辨认，可听着他吹的曲子，她不禁唤回了那时的心情。不久，一曲吹完，男子便用左手撑着尺八，右手轻轻拢了拢衣领，这手势分明是"他"从前的习惯动作。的确是他。看来这个男人也不幸福啊。若不是当着这么多人，阿花真想用以前的称呼喊他一声。可她已不是那个小女孩了。

66

"要不要让母亲见见这个男人呢？"

世上既有明明相爱心却走散只得远隔一方的人，也有根本谈不上是爱却被恶缘拖入遥远旅途的人。爱上一个无法彻底去爱的人是一种不幸，但对一个无可救药的人施舍同情却是谁都不情愿的，阿花连这些都学到了。

"我已经跟这个男人的命运无关了。"阿花在心里念叨了一句，"大家都要背负不幸的命运。希望你保重。"她摸出钱包，把所有的钱都悄悄放进了盒子，躲避着众人的视线从男人身边离去。

回到家里，阿花也没跟母亲提一句。母亲也觉得阿花都可以在外面走走了，却什么都不做，每天不是凭窗空望就是长吁短叹，这样闲着也对不住哥哥。每次在大院中听到人们谈论"听说那姑娘生下的孩子被人带走了，光靠人家寄的钱都能每天光玩不干活，真让人羡慕"，母亲就恼火不已。"谁让我是母亲的女儿呢，若是男孩子，不就要受罪了嘛。"阿花这么一说，母亲对女儿也开始疏远了。

"阿花，心情好的时候就去看看吧。刚才伊东又来了。"

伊东是住在附近的日本画的画匠，是个画江户末期颓废风格戏剧画的男人。阿花曾让他雇过一次，给用细绳绑起来，逼着做出被坏人折磨的姿势，吃尽了苦头。伊东每天都来造访阿花的母亲，又是邀请母女去看戏，又是展示江户匠人花钱的大方，求母亲把阿花借给他，哪怕一天也行。虽然伊东也是个正直的好人，可阿花总觉得要被他拽到污秽昏暗的地方似的，很是怕他。

67

阿花什么都不做，每天出门后就漫无目的地在街上瞎逛。那边的柳树下，这边的街角里，说不定就坐着一个吹尺八的男子呢。她也不是刻意寻找，只是眼睛会不由自主地探寻。也并非见面之后就如何如何，阿花那走失的灵魂只是在寻求依靠。

到了年底，哥哥跟同公司的女事务员结了婚，搬出了租住的二楼，拥有了自己的家。阿花和母亲只得自谋生计了。母亲一面缝补破被子，一面向女儿发牢骚："都过年了，连双新木屐都买不起。"看着靠不上却总靠着自己的母亲，阿花不禁加倍自怜。做模特以来精心攒下的钱，不用翻账本也知道差不多提光了。可是有或没有又能如何呢，反正还得设法生活下去。新年便这样从装饰着门松的大街上溜走了，瞅都没瞅阿花家的二楼。

烧煤球的脚炉变得有些太暖和的时候，阿花也想出去做模特了。

"母亲，我想去先生那儿看看。"

"哦，驹込先生？"

阿花凡事都去找驹込先生商量，他就像一位父亲一样。先生体格强壮，性格却很温和。阿花还沉醉于与学生们来往时，建议她攒钱的就是这位先生。花井、五木还有土田先生的事，她都告诉了先生。先生既不说好也不说坏，只是嗯嗯啊啊地倾听。阿花无论高兴还是悲伤的时候，都去先生画室的沙发上哭，可出院后已很久没与他联系了。打定主意，她便从壁橱中拿出行李箱开始翻找。

68

来东京以后一点点置办的衣服，住院以来都变成了米钱和柴火钱，若说能穿出门的衣服，就只有从老家起程时做的那件反窝边的橘色条纹夹衣了。

驹込先生去旅行了，阿花便折回朝学校走去。正好是星期天，面包奉了三太郎之命在找阿花，正要出校门时遇上了她。从那以后她便一直去三太郎的画室。

阿花第一次见三太郎时，还以为他是个沉默寡言不和气的人。可她知道，虽对自己不和气，三太郎对人也够细心的。

"穿了这样古风的衣服啊。"

"啊，这是刚到东京时从乡下穿来的衣服。"

"很不错。"

听他这么一说，阿花也想起来了。有一次在花井那里，这件衣服也被夸过。如此看来，三太郎在脸型和言行举止上也跟花井有些相似，真是不可思议。又过了很久，阿花把这件事告诉了驹込先生。

"现在说的这个人，跟花井一模一样。"

"是不是又像喜欢花井那样喜欢上人家了？"

"先生讨厌，人家早已没了那时的精力。"

阿花一面出入三太郎的画室，一面像女主人那样主动仔细照顾起他的日常生活来。又是倒茶，又是把冬天的衣服送到拆洗店，又是整理散乱的书籍。她尤其喜欢在浆洗方面展现非凡的能力，以博得三太郎的夸奖。

不过，这个人年纪已相当大了，为何还住在这种租来的房子里呢？他没有家和太太吗？如此说来，朋友也不怎么来，难道他不寂寞吗？

69

"今天的活儿就此结束，休息吧。"一天下午，三太郎一面擦拭画笔，一面对阿花说道。

"您要外出吗？"

"嗯。到寺里参拜。阿花姑娘接下来出去活动活动也行。"

"这一阵子头有点晕不想活动。先生要去的寺院在哪里？我也喜欢参拜寺院。"

"是驹込的吉祥寺。扫墓之类的事还是别喜欢的好。"

"啊，反正回去顺路。我也陪您去吧。"

三太郎没怎么嫌阿花碍事。到了寺院，他把水浇在一处写着"远山如梦信女"的较新的塔形木牌上，长久地默默拜着。阿花一直在旁注视他的举动。

"都说谁死谁没福，真是无聊。但佛祖不知会有多么高兴呢。"守墓的女人说着奉承话，三太郎默默地起身，把银币交到女人手里，立刻转身走向院门。阿花也跟了出去。

"你从这儿回去吧。"三太郎说完大步走去，消失在了电车大道的方向。阿花呆呆地目送他的背影，一股可怜的凄凉之意忽然袭来。

阿花在回家路上遇见了面包。和她住在一个街区的面包像往常一样正要去三太郎的画室。

"面包，先生不在。不过，先生为什么要扫墓呢？那是谁的墓？"阿花问道。面包都知道，便告诉了她。

"那么，那孩子在哪里？"阿花似乎终于明白了三太郎总是阴着脸、沉默不语并极为寂寞的原因了。

70

连孩子都有了却与太太分了手，又跟新恋人在京都同居，还把孩子寄养在别人家里，自己却轻松地租住旅店，对于三太郎这种做法，阿花十分不解。她年纪轻，理解不了这种境遇，只知道现在的三太郎并不幸福。这个男人已经一大把年纪，无尽的悲愁不觉变成了对阿花的热情表现出来。三太郎的寂寥渗透在颜料中，渗透在他侧脸的轮廓中，甚至飘散在他那细瘦的裤管周围。阿花尽管与真正的幸福无缘，对悲愁却能立刻产生同感。

"可怜的寂寞人。"

阿花只觉得自己要随着三太郎无尽的悲哀走到世界尽头了。

一天，阿花正像往常一样摆着速写《对母亲的憧憬》的姿势，忽然听见一声"爸爸"，一个小孩走进了画室。她吓了一跳，抬起脸来，只见面包也跟在后面笑嘻嘻的进来了。那是三太郎的孩子山彦。他总期待着周末两天住到父亲的旅店。这一天正是星期六，面包去把他迎了来。

山彦只是瞥了阿花一眼，立刻开始扒拉一边的书和画纸一类的东西，用铅笔胡乱画着马或士兵。阿花饶有兴趣地用目光追着调皮的孩子，笑了。面包则读着报纸。星期六晚上面包必定和三太郎去某处地方玩，已成了习惯，所以在寻找文娱活动。

"明天一点，庆应礼堂有结城孙三郎①的剪影画。"

"面包哥哥，剪影画是什么？"山彦问道。

"这个嘛，还真不好说，你去看了就会明白的。"

"先生，我也想跟少爷去。"阿花请求道。

---

① 结城孙三郎，日本木偶戏世家，此处指第九代结城孙三郎（1869－1947）。

71

无论怎样的女人都有一种母亲的本能。为了那幅《对母亲的憧憬》，阿花在抱着山彦摆姿势的过程中时时感到心中涌起的母爱。山彦也喜欢常给自己巧克力或树叶面包的阿花。

三太郎热衷于创作。比起物体的真实感来，他的画风更以感情为主。从画作的主题来说，阿花未必合适。但她已成了他日常生活中不可或缺的一部分，就像日常的家具一般。她也忘记了自己是模特，不禁参与了三太郎的生活，包括他的苦恼，还有他的兴趣。尽管跟孩子在一起时三太郎总绷着脸，露出多数父亲脸上常见的表情。可当创作进展顺利，他也会十分兴奋，得意地吹着口哨说："今天请你吃大餐吧。"

"啊，好啊。"

三太郎是个喜欢吃的人。整个东京的料理店他几乎都吃遍了。他的美食朝圣并非只为了味觉。那些考究的室内光影、错落庭院，还有茶器和院中小道上的石子，他都喜欢观赏。

他一面在街上走，一面不失时机地瞧着古董店的门面和估衣店的短帘。起初阿花也不理解他这种嗜好，可是在乱七八糟的物件中，他眼睛所盯的东西是哪个还是能立刻分辨出来。

"做得风雅古朴的赝品可真多，你知道吗？"

为了阿花，他又是买古朴的黄八丈①或琉球的青缟织物，又是买荷兰的带子。阿花挑衣服的眼光不觉间也高了许多，一眼就能看出泥染的朴素韵味之类来。"啊，先生也喜欢？在我老家那边大家都穿呢。"她拿过高祖头巾系上红绳给三太郎看。

---

①黄八丈，日本顶级丝织品，因产于东京东南部的八丈岛而得名。

142

72

前面曾提及山彦的生日在五月一日。这一天终于来了。三太郎大清早就去了山彦寄宿的日比谷的公馆。由于不好意思在别人家里为孩子庆祝生日，三太郎想带儿子去料理店点份带头的加吉鱼之类庆祝一下。从日比谷走到芝浦那边，碰上了五月祭的游行队伍，又被泥金平糖扯进了涂着油漆的建筑。清爽的五月早晨就这样糟蹋了。

这时间阿花与面包应该到三太郎的住处了。"把大家都带去吧。"尽管想了起来，可讨厌打电话的他还是来到柳岛的料亭桥本，让女佣往住处打电话。

青叶的光泽淡淡地映在仓库的土墙上，庭院的石子有些濡湿，没有反光。三太郎来到这儿，才终于安下心来。阿花和面包不久也来了。

"没想到乱糟糟的街上居然还有这么清静的地方。"

"以前根本就没有工场之类的。甚至还有歌唱这儿的小曲呢，什么'芦苇之间现白帆'。"

"还有抱一①呢，画得很漂亮。"

"就是那些工艺品，总少些气质，不，是少些风格。"

"是啊，光琳的东西虽差一些，可还是有些内涵的，但就是看着那么呆板。"

"看上去呆板，却透着一种严肃，看来是宗达，是宗达派。"

酒上了，菜也上来了。只两壶大家就醉了。面包一出生就没了双亲，阿花则有个靠不上的母亲，山彦也是单亲。三太郎的父母应该还生活在乡下，可断绝父子关系之后再无音讯。也就是说，大家都是被家庭驱逐出来的人。

---

①酒井抱一（1761－1829），江户时代后期的画师、俳人。下文的光琳指尾形光琳（1658－1761），日本画家、工艺美术家。宗达指德川时代的日本画家表屋宗达（身世不详），其画风由尾形光琳承袭发展，形成日本绘画史上有影响的宗达光琳派。

73

展览会的日期逼近了。阿花在做模特的空当不得不照顾起三太郎的衣食来。她这才了解西装的缝补和男人衣服的尺寸等等。三太郎过着只有三个行李箱的最简单的生活,一切都喜欢简朴。他的日常生活单纯是单纯,可内容却十分复杂。阿花以前全无经验,在熟悉三太郎的生活规律,他不做声也能感知他心中所想之前,她很是吃了些苦头,不过很快就适应了。

三太郎讨厌到旅店的食堂跟学生、中国人及印度人挨在一起吃饭。每天早晨,他只吃些面包、沙丁鱼,再喝点咖啡打发早餐,之后就等着阿花到来。阿花在傍晚用电炉做些简单的晚餐和他一起吃。面包大致也会加入他们一起用晚餐,顺便再送阿花回去。

一天晚上,面包却没有来。

"怎么办?这么晚我没法走。能不能留我住下来呢?"

"只是没被子啊。"

"这么暖和,就算在沙发上也能睡。"

第二天一大早,阿花的母亲就来了。虽然比阿花所说的丑,人却比想象中要好。刚开始,她用东北话凶巴巴地说了一阵子,可后来说着说着笑起来,说是"生来还从未跟这孩子分开睡过一晚上呢,所以很担心"。

母亲好容易在椅角上坐下,拿起阿花冲的咖啡嗅一嗅,问:

"哦,这是什么东西?"

"算是茶吧。"

"我头一回喝。"

"这么说,母亲今天经历的尽是些生来第一次的事情了。"

三人大声笑起来。

74

　　此后阿花便毫不客气地住到了画室，可两晚不回去母亲就嘟嘟囔囔地来了。三太郎自然早听说了母亲的脾气，他一如吩咐，做被子，买柜子，又做了带有家徽的和服短外套。

　　展览会在三越百货开办了。报纸好心地给做了宣传。从第一天起就很受欢迎。"您不来会场，那些好不容易来的客人什么都没买就走了。"尽管会场的负责人这样说了，三太郎还是拉不下脸，不愿去会场。

　　第二天早晨，旅店的女佣通知说来了客人，是个自称阿花堂兄的男人，还有一个满口法律用语的男人。

　　"请不要说这些难懂的词了，总之，我要怎么回复你们才满意呢？"

　　"如果您能接受阿花，我和阿花的母亲就满意了。"

　　"好的，阿花的事情我什么都答应。"三太郎明确表了态，把二人打发回去。

　　讨厌的客人离去后，阿花从套间里出来，在他身侧坐下。

　　"对不起，我净给先生添麻烦，可是……"

　　三太郎等着她接下来的话，可她露出在寻找说辞的神色，抓过他的手紧紧抱在胸前。

　　"就算是添麻烦，也请您一定要好好疼我。"三太郎想，阿花的心里一定在如此说。"我什么都答应。"他坚定了自己的想法，比刚才对两个男人所说的更坚定。

　　展览会还在进行。一天早上，旅店里的一名法学院学生拿着报纸走进三太郎的画室。

75

"这个您还没有看过吧？"

三太郎拿过学生递来的报纸，只见第三版的头条写着"山冈三太郎遭起诉，被索损害赔偿金五万日元"。

一家叫阿尔卑斯的书店状告三太郎侵害版权，擅自将其所出的北山白云作词、中川新吉作曲的乐谱印在他画的明信片上。

"在展会期间提起诉讼，这律师真想得出来。可是，您真的还不知道？"

"我真的从未想过会遭人诉讼。事实上，从京都回来的时候，作曲人中川新吉就找上门来，说'出明信片的龟屋做出这种事，我去交涉，他们却理都不理，明信片上是你的名字，所以或许会给你添些麻烦'。我立刻把龟屋叫来问，龟屋道是那个中川说印了多少明信片，就要给他多少版税，龟屋已亏本，也不想再出了，打算绝版。还说绝不会给我添麻烦。可就算这样，你擅自借用人家的东西终归不对，怎么也得给人家些补偿金才是啊。说完我就撒手不管这烦人的纠纷了。明信片是须磨子那帮人做的戏剧的素描，我当时在京都，出版和印乐谱当然都不关我的事。"

说话间，一个最近崭露头角的姓星冈的律师朋友打发人告知三太郎，声言要给他做辩护，可三太郎觉得不关自己的事，便回绝了。他主观地认为自己跟这件事一点关系都没有，根本没理会。

可是，世人却像报纸上大大的活字一般兴奋起来，似乎把三太郎看成了不道德的人，后来连他本人也知道这些事了。

76

"当然这只是我的疏忽，绝不会给您添麻烦。"龟屋前来致歉，三太郎也觉得本当如此，展览会一结束就带着阿花去伊香保疗养了。龟屋紧跟着来了书信，说因为要找律师，需要印章，请他赶紧回来。三太郎回复说，再也不想掺和这种麻烦事了，请对方自便，之后便渐渐进到山里去。

来到长野，从松本到诹访、甲府，再从鳅泽下富士川，接着从身延、沼津、三岛越过旧国道到箱根，在那里一直待到展览会赚的钱花完为止。

这次旅行中三太郎并不愉快，总是很焦躁。阿花大概也被他的神经质给传染了吧，在鳅泽的旅店里竟拿着剃刀歇斯底里地哭了。虽不知她是想自尽还是杀死三太郎，但总之这次旅行对她来说也不幸福。

夏末，山上起了秋风。三太郎从箱根起程返回东京，阿花比他先回。一到旅店，他立刻让人拿着信去找阿花，母亲却回复说女儿去旅行了。三太郎便直接带着那封书信去了阿花家。终于找到那家店号叫青山的车行的二楼，见到了她母亲。

母亲开始还强自坚持说阿花回了老家，后来慢慢说出真相。据她说，从今年一月开始，有个静冈的资本家的儿子——在东京某家银行上班的年轻人想娶阿花为妻，后来以接受并供养她的母亲为条件，与她订了婚。阿花现在已跟那个男人去了日光旅行。

三太郎默默地听着她轻描淡写。

77

　　旅途中某个夜里，阿花已把此前所见的那个男人的事全告诉了三太郎。虽能想起那个男人的名字，可他万万没想到两人会这么快就订婚。

　　三太郎这才发现自己不觉已爱上阿花。在阿花从他手中溜走的此时，他才意识到这一点，并且发现这种爱恋已深深渗入自己的生活。

　　既然那个男人年轻富有，对阿花的母亲也很热情，也难怪她母亲满意了。面对着露骨地表达心满意足的母亲，三太郎甚至为自己这种心情感到可耻。他默默地回了旅店。

　　外出旅行期间所来的一捆捆书信都堆在桌子上。从三越百货追订的屏风也送来了，可三太郎现在哪有心思。阿花曾让他给写了个字帖，她终于会写字了，开始记日记时写过"窗外青桐的叶子增加了一片"。此时那棵青桐已在风中凋零，飒飒鸣响。她还写道，"爸爸去了帝国餐厅的集会。阿花在家里倚着窗户数叶子。"

　　画画这项工作需要拉开一段空间来眺望，感情却会目不斜视地一往直前，如果稍微侧身停下，就会意外地想些无聊的事情，这些虽然能意识到，可因果循环却不知停止。三太郎虽为画家，却忘记了保持一段间隔，结果误入了一条奇怪的道路深处。正所谓"非此即彼，非彼即此"。这样连寻找颜料箱中一管管颜色的空暇和智慧都丧失了的三太郎，我们局外人只能默默旁观了。

78

两三天后阿花来了封信，说"我回来了，不久就去看你"。她究竟会带着何种表情来呢，三太郎一心期盼。

阿花来了，却说道："我啊，从箱根回来后一直生病。稍好一些了，就想去乡下看看，便去探望了老家的爷爷。"

"不是说去日光观光吗？"

"啊，是母亲说的吧？大概是母亲中意那个男人吧，就加以利用，说我们是去日光观光。其实我是一个人回了老家。"

"那个人后来怎样了？"

"大概一个人从日光回去了吧。爸爸相信我吧，我对那种人一点都不感兴趣，只是为了给母亲面子而已。"

"可是，那人还以为这样就算订婚了呢，不是吗？"

"就是为了打消他这种念头、让他死心，我才去日光啊。"

这种回答根本谈不上跟男人一起去日光的理由，但三太郎没有刻意追究。他完全相信了阿花的话。如果连女人的一两句话都要怀疑，那她的全部都得怀疑了。不是完全相信就是完全怀疑，除了这两条路，男人没的选择。

三太郎简单地选了利己的那条路。阿花不知从何时起已领会了这一点——男人这种东西，比起真实来，他们更喜欢谎言。一方是三太郎那样的男人，另一方是阿花那样的女人，对二人来说实在是命中注定的不幸。

"我已经讨厌回家了。因为那个男人总来。"

阿花在三太郎栖身的旅店住下来，就很少回去了。

79

可爱的姑娘怎么了

屋顶上乌鸦在叫着

姑娘却怎么也不出来

　　学画的学生们想起了会演那晚一面唱着这种歌，一面绕着被称为"昏了头的鸽子"的阿花狂舞的情形。阿花钻进三太郎的画室后再也不去别处露面，在学校也不见人影，这便成了传言的根源。学生们恨他独占了阿花。一天晚上，他们汇集到一处，借着喝了点啤酒的兴头出发了。来到三太郎画室所在的二楼窗下，他们一字排开，喊声"一二三"就开始唱：

浑蛋浑蛋三太郎，昏头鸽子的红嘴唇

那边一声啾，这边一声啾

全都吻可就生气了

浑蛋浑蛋三太郎……

　　合唱告一段落之后，对方大概会有回应吧。学生们望着窗户等待。然而里面静悄悄的，窗子并未打开。学生们便再次开始唱。

　　当时三太郎吃完晚饭正在喝茶，他一面听着合唱一面注视阿花。也不知是害羞了，还是装作没听见，阿花只是低着头凝视茶碗里面。

　　三太郎不忍阿花受这种侮辱，自己被嘲笑倒是无所谓。直到第三次合唱结束，他都一直默默坐着。学生们最终撤了回去。即使听到阿花的嘴唇碰过上百个学生，三太郎也一点都不曾惊讶。倘若可以，他真想把遭人驱逐伤痕累累的阿花的肉体和灵魂全都清洗干净。

80

　　阿花把三太郎送到上野车站。火车就要开动时，她忽然抓住他的手当众哭了。她从未如此大胆地展示过内心的热情，所以三太郎很吃惊。

　　他这次出门，是由于阿花故乡附近的小城里有个熟人，求他去给新建的房子装饰一下。

　　"爸爸，相信我吧，我已经不是从前的阿花了。自从变成你的女儿，我就成了个好孩子。别丢下我，别丢下我！"在三太郎决定上路的那天，阿花抓着他老说这种话。他认为这全是学生们合唱的缘故。那次合唱事件之后，三太郎收到了一份封面题有"腐蚀的红蔷薇"的小说体手记，里面极力描写阿花的情事，还详尽叙述了她的恶疾，另有数封谩骂他们的书信。这些阿花全都读了。

　　"我总觉得爸爸再也不会回到身边了。若是被爸爸抛弃了，我就去死。对对，我还是死了的好，对吧，爸爸？"

　　如果现在就死去，这个姑娘倒可谓是死在最幸福的时候。三太郎这么想着，却无法说出来，也不愿假惺惺地说好听的话，于是沉默了。

　　"我要写。就像去寺院忏悔那样，什么都写出来送给爸爸。丢人的事情、痛苦的经历，我都想说给你听。好和不好的地方——爸爸不是说过我也有好的地方吗——只想让爸爸一个人知道。您一定会回来的。"

　　"那，你可不能死啊。"

　　"说不定。只要爸爸疼我，我就不用死了。"

81

"爸爸常说，旅行回来首先想坐在清净的榻榻米上喝茶。我已经厌倦了在那家酒店看门。要是我能有一处自己的家来迎接您，那该多么高兴啊。嗳，这样不好吗？"阿花给旅途中的三太郎寄来了这样一封书信，"并且，您一定会很吃惊吧：我本来不想让您吓一跳，可是，我的身子似乎有变化了。"

三太郎认命了，自己也掉到了一般男女都会掉入的地方，便回信说："你最好租一处喜欢的房子，并且要保重身体。"

总之，在"妻子般的女人"的迎接下，三太郎回到了久违的东京。到车站迎接的阿花失去了姑娘的朝气，同时却增添了女人的美丽。带子之下的腰部沉甸甸的，仿佛脚下生了根那样透出一种稳重。在出租车上，阿花从三太郎身后靠过腰来，把掀起的袖子放在他的膝上，毫不掩饰地展示着一个满足的妻子的喜悦。

"你马上就要当孩子的妈了啊？"三太郎仔细审视着阿花的侧脸。

"我瘦了吧。自从搬家后就一直卧病不起。"

说话时，阿花的表情中仍透着担心，是那种尽管把一切都托给了男人的心，却仍担心对方不信自己、不完全原谅自己、随时都可能抛弃自己的表情。三太郎寂寥地注视着极力掩饰的阿花。

82

阿花陪着三太郎所回的家，在日暮里一条叫蓝染川的泥沟边上。

"我无法起来，母亲就给选了这里。"阿花辩解般说着。在母亲脏兮兮的家具中，阿花新买的小柜子和茶桌格外显眼。她打开从旅店运来的黑漆大衣橱，在新做的和服外套上一件夹衣，让三太郎穿在身上。

"啊，终于回家了。"三太郎坐在起居室的火盆前说道。母亲过来说起桩桩件件，什么这里地价便宜啦，什么近邻的事情啦，还有对琵琶师的女婿的品评，没完没了。这种女人就像杂草一样，无论到哪里都会立刻扎下根。

做瓦楞纸箱的人家、卖长生不老药的住户、做鲷鱼烧的点心店，还有换木屐齿的修理铺等等，都成了三太郎的邻居。还有说话文绉绉又不合群的上班族的太太。那边的二楼经常过来一个从当铺退休闲居的老头。凸窗外的陶炉下还不时有女人在扇火。这是一条生活的泥沟。

为了让三太郎舒心，每天早晨阿花很早就拉开门把书信报纸都放到他枕边。可不知怎么回事，阿花动不动就跟母亲吵起来，总之就是好发脾气、好抹眼泪。

更麻烦的是泥沟对面的那个琵琶师。令人伤感的武将故事唱词不时传过来，砰砰砰砰的过门儿也响个不停，还是个上了年纪的女人在唱。三太郎以受不了这琵琶师为由，跟阿花的母亲商量着搬家。

当时西东南风从金泽来到东京，在涩谷安了家。隔壁有户空房子，虽然只有三间，却很便利。阿花看过之后告诉了母亲。于是，母亲勉勉强强搬了过去。

83

这是一处上端宽畅形如煤气灯的高房子，二楼窗下的树丛里有川濑的水声传来。隔壁就是澡堂，夜深了还有冲水的声音，友人说俨然到了温泉。说到朋友，其实只有邻居南风和他的内兄——俳人上野歌川，除此之外再也无人来访。搬出旅店之后，三太郎也从未告诉别人自己的居所。

三太郎打算暂时隐居，在四周种了些竹子，还在门牌上写上阿花的姓氏"笹木"。他后来才知道，阿花并不喜欢这样。既然要把名字挂出去，她还是希望加上三太郎的姓氏，写作"山川阿花"。三太郎平时总说形式上的东西无所谓，却把阿花的姓氏写在了外面，这也不能说是随意的想法。他想保护自己，想跟阿花各自过活，是不争的事实。

"跟我同居的事情，这个人一定觉得很耻辱。"也难怪阿花从女人的角度如此猜疑，"所以我怀上孩子的事情，他一定是打心底不愿意。"

三太郎有时直到深夜没有电车了才回来。这时，阿花便偷偷翻开他的写生簿查看。他外出时必然把一些画、诗歌和说的话之类记上去。阿花一页一页地翻着，查看有没有比自己漂亮的女人的脸容。上面曾写着这样的诗歌：

> 世上寻常事，
> 冬天降临时。
> 急忙换障子，
> 原是临时妻。

阿花一直把即将降生的孩子的事，还有上户口的事惦记在心，却害怕告诉三太郎。

84

　　那还是搬家时的事，三太郎在阿花的梳妆台上忽然发现了一张古风木版画，上面有意味着化离的朴树，是一棵呈人形的树，枝干上写着十二生肖，被诅咒者的年龄则用香给烧了。仔细一看，标示他年龄的地方烧成了洞。三太郎仿佛身体挨了烧，感到一阵恐惧。

　　这无疑是阿花的母亲干的，却是从阿花的梳妆台抽屉里翻出来的，由此看来，她肯定也知道这件事。三太郎对她们的愚蠢只能付之一笑。究竟是什么时候干的呢，不可能是最近。既然是以前的事，如今也没必要再去调查，弄得彼此都不愉快了，于是他默默地将其贴进了剪报簿里。这既是他的嗜好，也是为了表明自己并不在乎。

　　原本阿花就迷信，相信存在幽灵，也相信做梦时能跟各种人相逢谈笑。

　　"昨晚我做了个梦。爸爸从本乡的弥生冈往对面走去，身边跟着一个圆脸的高个子女人，一起飞快地走过去了。于是我'爸爸爸爸'地喊，你却连头都不回一下。我很悲伤，就坐在了不忍池弁天堂的石桥栏杆上。红莲花砰的一下开了，开了一朵之后升上天去，再开一朵又升上天去。我高兴起来，一拍手，结果醒了。我偷偷摸了摸，发现爸爸就在身边，这才安心。不过真是个讨厌的梦。我的梦一向很准的。如果这是真的，那我讨厌。"

　　阿花认真地如此说过。

85

"钱的事不用担心，买条好鱼带回家来，啊。"

西东南风的妻子在厨房嚷嚷，阿花没法听不到。两家不光是厨房相对，从三太郎读书的二楼就能看到南风家的晾衣台。且不说这个，最近，南风的父亲去世后留下了一笔足以令他们不劳而食的财产，南风获得了可以一面讥笑文坛一面优哉游哉的权利，他的妻子也可以悠然远眺尘世了。南风私底下也有些文人意识，却又有种超然之态，常作些随性的短歌自鸣得意地打发时间。他那种出于北国人特有的褊狭和执著而与感伤的女人携手走上小道的心情，和三太郎因软弱而缩向角落的心情很相似，这便促成了二人相邻而居的机缘。不过，南风朝才搬来不久的三太郎冷笑，也无法让人感受不到。

"太太这么漂亮，无论怎么打扮都合适。"

傍晚，南风夫人常邀阿花去附近购物。南风夫人好打扮，临时出门也要穿着大根河岸的细雕木屐。身披和服单衣、脚穿萨摩木屐的阿花自然不会感受不到这种差距。

"我只是个乡下人，要是像太太那样有很多衣服，才是猴穿衣装人样呢。"

阿花老老实实地应道。南风夫人什么都要比较。不管是眼睛看得见的还是数得清的，从哪一点来看都能立时计算出自己比阿花优越。只有阿花年轻二十多岁这一点，无法让她骄傲。

86

　　三太郎的隐居生活如同绕宅而种、遮光蔽日的竹子，完全是遁世。待在家里不事创作，到外面也是漫无目的随处溜达。但他并没有像阿花梦见的那样有了情人，只是很多日子里都觉得心里空落落的，像有石子在滚来滚去。俗话说，滚石不生苔。的确，三太郎并不是那种坐着不动直到生苔的人，总是浑身上下沾满街市的灰尘。

　　有一天，南风家的晾衣台那边竟传来了山彦的喊声："爸爸在那里。"其实也没什么不可思议的。南风的儿子跟山彦同龄，山彦到他家玩时偶然在邻家二楼上看见了爸爸。三太郎并未把跟阿花有了家的事告诉山彦，至多是常去看望他。山彦还是个孩子，也不想知道爸爸住在哪里、在做什么。正如眼前所见一样，发现爸爸与阿花有了家，他也只是觉得好玩。他一直喊阿花为"姐姐"。阿花现在已像个出色的家庭主妇，不时为山彦煮点青豆米饭之类。三太郎怕光做吃的把孩子给惯坏了，也提醒过她不要给山彦买东西。

　　"没事，只管买。反正又不是姐姐的钱，对吧？"

　　听到山彦说这种话，阿花也不得不考虑自己所处的位置了。因为山彦已经渐渐长大，会有意无意地带着批评的眼光来审视这个"姐姐"是爸爸的什么人了。

87

阿花在练习南画①运笔的三太郎旁边缝着白毛纱的婴儿服，一面说道：

"爸爸？"

"什么事？"

"取什么名字呢？"

"若是男孩就叫与太郎，女孩就扔到河里。"

"为什么？我喜欢女孩。如果你的孩子全是男孩，也一定很疼爱女孩的。"

"若是女儿恋爱不幸，我忍受不了那种心情。对那时的吉野就深有此感。但毕竟母亲也是女人，似乎会对女儿的恋人怀有好意，也对女儿抱有同情。正如你的母亲也喜欢年轻的银行职员一样。不过，你真的喜欢生小孩吗？"三太郎看着阿花的脸说道。

阿花也像在探寻什么似的望着他，问道："那爸爸呢？"

三太郎本想说"不生是大家的幸福"，却很难找出理由说服阿花。他又不想撕破脸皮，就没有做声，只是露出一脸苦相。其实阿花最为担心的是自己并非三太郎合法的妻子，生下来的孩子只能落得私生子的不快称呼。三太郎虽不在乎这种由社会制度附加的名头，却不堪想象本不该降生却带着不快的名分来到世上的孩子有多不幸，孩子母亲又有多不幸，最后归结到他自身，便是三重的不幸。他有种隐约的不安，又无法简单地断定这就是自作自受，因而焦虑起来。阿花则想，只要三太郎能像常人一样对待自己，一切就好办了。

---

①南画，日本江户时代文人画派，因源于中国明代南宗画而得名。

88

　　无论如何，孩子还是生了下来。但生下来的时候已经死了。是个有着浓密黑发、皮肤白皙的好孩子，可由于胎毒的缘故口耳都损坏了。无论与自己哪个孩子相比，三太郎都更爱这个婴儿。也许是出生时如此凄惨的缘故吧，歌川亭和南风送来了花圈，葬礼一切都按成人的操办，孩子与太郎就这样被埋葬了。

　　不过，没做成母亲的阿花却变得更富朝气更美了。与太郎往生的第四十九日，歌川亭穿着和服短外套和裙裤参加了祭奠仪式，南风夫妇和阿花也都盛装出席。南风还煞有介事地让两位夫人站在墓地附近的料理店门口拍了纪念照。

　　"虽然是产后的女人，可太太真是漂亮极了。也许与太不在，反而会更幸福。好日子都在后头呢。"比丈夫大两岁的南风夫人，觉得三太郎拥有一个比他年轻二十多岁的妻子实在荒谬，不觉怀疑起他的人品来，还向阿花说了这番话。

　　三太郎洒脱地笑道："若有好人家的话，就给阿花介绍一下。"

　　他这么一说，阿花反倒认真起来。"是啊。我去什么地方都行，真想找个能让我入户籍的人家嫁过去呢。"听她忽然认真起来的语气不像开玩笑，大家都没敢说话。

　　"怎么，难道还要再跟你的爸爸举办一次交杯换盏的婚礼？"在歌川亭的插科打诨下，才把这尴尬的场面应付过去。

　　阿花当时那句无心的话不觉也在心底滋长——我还年轻，好日子还在后头呢。她把南风夫人所说的美丽也算进来，偷偷地估算起自己未来的幸福。

89

恰在此时，大地震来了。三太郎请人到柳桥的一处酒馆吃饭，正要带阿花出去，当时还裸着身子穿着布袜。或许是在乡下的自然中长大的缘故吧，他天生就不怕天灾地祸。这一天外面乱得厉害，他刚披上和服穿上木屐往门口一看，就夸张地倒了下去。阿花明明跟着出来了，可后来却对南风夫人说"爸爸丢下我就逃走了"。三太郎当时是吓跑了，大概还是把阿花忘了吧，他不禁苦笑。

尽管三太郎和阿花的心里有了隔阂，狂暴的大自然还是让人更为亲近了。可无论远亲还是近邻，平时察觉不到的丑陋和卑鄙此时都暴露出来。人原本就不完美？生活原本就这样糟？对人失望至极的三太郎再次陷入忧郁。

"要是把一切都烧光就好了，可我还是活了下来。"三太郎带着写生簿和铅笔，每天走在火灾后变成废墟的街上。

一天，阿花外出买蜡烛，没想到遇上了五木。

"啊——"她不由得连话都说不出来了。

五木双眼带着微笑。"你还好吗？还在三太郎那儿？"

"嗯。"阿花早就从驹込先生那儿听说，五木结了婚，在某处安家了。"你现在在哪边？"

"我家？"五木的口吻和学生时代一模一样，"就在学校后面的山丘上。"

"啊，那不就是我每天去散步的地方吗？是那片有两棵松树的空地？"

"嗯，就在那前边。"

"是吗……"阿花一直注视着五木。

90

恋爱不正当，白百合凄凉。

歌川亭每月都举行一次业余俳人会，阿花也被南风夫人领去参加过。这就是当时即席作的俳句。在老师歌川亭半开玩笑半表扬之下，阿花高兴极了，一派天真烂漫。三太郎一直远离阿花的感情生活，甚至后来也没有注意到这俳句的内容。

阿花每晚都去松林的空地，跪在草地上眺望五木的家。那儿正开着白百合。可她跟五木的相逢并不果敢，而且总是很悲哀。

"快回去吧，三太郎一定在等你。"五木边说边抚摸着比从前丰满许多的阿花的肩膀。

"你也是，太太在等着你吧。"阿花心里忽然浮上来这么一句，心情却很沉重，没有说出口。她擦擦眼泪，跟五木分手后就回去了。这是一段令人无奈的恋情。五木就像冷却了的蛋糕，虽然甜美却没有热度。阿花每次都失望而归，决定不再见他，可三太郎不在家的傍晚，她还是不由自主，摇摇晃晃地朝山丘上走去。

当时南风在办一本口语式短歌的杂志。一名协助编辑的姓尾形的青年正默默坐在他家二楼。尾形就像蔓梢上结得晚的丝瓜一样又长又青，无精打采地垂在那里。

"尾形君，隔壁家的太太又出去溜达了。你看一下她去哪里。"

南风嘴边浮现一贯的冷笑，透过隔扇上的窟窿往外瞧。

阿花到了空地，坐下来。尾形默默地朝她靠近。正值晚饭时分，住宅区一带一个行人也没有。

91

"你来做什么？"阿花责问尾形。尾形脸色苍白，默默地呆立在那儿。

"女人同时爱两个男人，我真是难以想象。"

平日里阿花经常去南风的编辑室谈论爱情和生活。当时，听阿花激动地这样说了一句，南风似看非看她的脸，眼睛里放出光来。

"男人可不是这样。比如……"

"您想说的是爸爸的事吧？可那个人却不一样。毕竟您是那种半夜从新宿回来后，还要让太太温酒，一脸感动地谈论着妓女故事的人。还可以给太太穿上红色罩衫一样的睡衣，再让她吟咏什么'红梅未开莺先啼'之类的。我却讨厌这种人。"

"你真是抬举我了。不过，倘若男人都这样……"

"您又在说爸爸的事吧？他虽然离开心爱的女人就没法活，却不像您那样，以让两个女人共睡一榻为乐。"

"倘若他有了情人，你怎么办？"

"如果跟我这样相处的同时再有情人，我也只能复仇了……"

尾形默默地倾听着。虽然他和南风都察觉到阿花每晚去山丘上的空地肯定别有企图，却不知是否真有这样一个男人，又是个怎样的人。阿花虽不是为报复三太郎才去见五木，可是背着三太郎坐在这空地上却让她有了好心情。此刻她望着呆立在眼前的人，忽然想他无疑也是男人，便问道："尾形，你也喜欢我吧？喂，你说话啊。你老这么不出声，戏没法往下演啊。"

92

"我家那口子，各种事情都对我说呢。"南风夫人对阿花说道。

"各种事情？什么事情？"

"太无聊了，说不出口。反正又不是靠那种事来赚钱的妓女。"

阿花猜出了到底是什么事。

"晚上喝酒喝到很晚，然后才开始，对吧？抱着吃奶的孩子真是受不了。你们家的爸爸怎么样？"

"不知怎么了，他最近一直自己在二楼睡呢。我啊，太太，"阿花的表情忽然紧张起来，"我想离家出走。"南风夫人知道这一刻终于来了，之后她告诉了丈夫。

"这件事我从尾形那儿也听说了。"丈夫说道。

"那她是想跟尾形出走吗？"

"管它呢，咱们装着什么都不知道，只管看热闹就行了。"

"我啊，告诉她说，既然要出走，最好把月末要付的钱都带走。那人太傻了，竟连一分私房钱都没攒下。不过，重要的书信啦、照片啦、外出的衣服啦，尾形差不多都给带出去了，他爸。"

"虽说是带到尾形的住处去了，可那个人究竟是不是尾形，我还不清楚。毕竟尾形着了迷，他最可疑了。"

"像你这么聪明的人居然也不明白？"

"老婆啊，关键是三太郎还蒙在鼓里呢，这下有热闹看了。"

"傻瓜，你再来一壶吗？"

"我们家的锦木才实惠呢……"

"够了。"

"高尾、喜濑川和贡都睡了吧？哎呀，东倒西歪的，到那边去睡吧。高尾是爸爸的好孩子。"南风一面蹭蹭睡在膝上的女儿的脸，一面絮絮叨叨。

93

　　遭遇大震灾后，三太郎体验了最艰苦的生活，也学会了建造简易住房。他希望在只有一个行李箱的旅途生活中，想要时便能有个可以学习绘画的画室。山彦也到了该上初中的年龄，父母终归是父母，还是想在一旁给孩子参谋，也需要一处宜居的房子。

　　南风介绍了一位在震后重建中成长起来的建筑家："小事一桩，用你的零钱就能建起来。"歌川亭也顺嘴说要做工程监督："我住所附近就有块好地皮，在树林里。"于是三太郎被那男人领去看了。家不是天天建着玩的，也用不着非得建在某人的住处附近不可，本来可以慢慢找找看，可是歌川亭也赞成说"这个地方又静又好"。三太郎便立刻决定了："比支付房租还便宜，那我就租四百坪①吧。"设计也交给了那个人，一群外行就这么干起来。

　　未建成的时候人总是怀着期待，所以三太郎每天都去施工现场。他幻想着登上绿草如茵的斜坡，便是鲜花盛开的自家小径，连着矮矮的原木门扉，接着是生满绿苔的石阶。白色围墙上的蔷薇香气扑鼻，钻进墙上的小门，见石阶成了螺旋状，一座缠绕着常春藤的塔矗立在那里。再打开沉甸甸的屋门，即使在夏季也凉飕飕的树丛里立着大厅……三太郎的嗜好也就如此了，只要他成不了俄罗斯帝政时代的贵族，这空想的家是不可能建成的。总之，给人庄重感的东西难免沉闷压抑，寂寥的东西则会变得污浊肮脏，所以只能建成那种看上去不致凄凉的寒酸模样了。

　　"居然还有不用石头地基的房子？"三太郎正疑虑，那个建筑家竟带着钱逃到朝鲜去了。南风笑道："没想到竟是那种人。"

---

①坪，面积单位，1坪约等于3.3平方米。

94

"外行啊，别以为只要能冒水的就是水井。"连挖井的农夫都在嘲笑三太郎。他只得用仅剩的一点预算重新寻找木匠。

就在这乱糟糟的日子里，九月一日早晨，三太郎醒来下楼一看，阿花却不在了。想着她大概是出去买面包什么的了，他便蹲在走廊里，打量着今年长势不错的竹子等她回来。看来一时半会儿是回不来了，他去厨房打算洗洗脸，结果香皂找不到了，香粉也没有了，如此说来，梳妆台也不见了。奇怪啊，再一看餐桌，只见一张纸片压在茶碗下：

> 爸爸，抱歉。阿花离家出走了，大概再也不回来了吧。安顿下来之后，我会把消息通知驹込先生的女儿，请不要担心。再见了，保重。

三太郎顿时像吞下一个法式面包似的，喉咙噎住了。刚才想干什么来着？他摇摇晃晃地要从门口出去。这时南风家晾衣台上的玻璃拉门啪的一声关上。三太郎抬起脸，见四只眼睛正从玻璃窗里望着他，不禁害羞，慌忙走回家里，仰倒在榻榻米上。

"浑蛋，浑蛋，浑蛋！"由于自我厌恶，他连眼泪都流不出来。

此时正巧有客人来访。是稀客画家 A，说："今天是震灾的纪念日，想到街上走走，就来邀你了。"

随后二人出门。三太郎从外面锁大门时，南风夫人在晾衣台上问："阿花出去了吗？"

"大概是吧。"他答道。

"人们都说，当旧叶落尽新芽冒出时，恋情处在最幸福的时候。"也不知 A 只是在说阿花的事，还是说给三太郎听。总之走着走着，三太郎的心情又好转了。

95

　　三太郎和 A 顺便拜访了驹込先生，也略谈了谈阿花出走的事情。向两国一带到处冒起了焚香的烟。为了纪念这一天，四处的料理店都休息，一直走到帝国大酒店才好歹打发了午饭。三太郎在日比谷与 A 分别，傍晚时分才迷迷糊糊地回到家里。

　　"我们也不知道啊。"南风夫人露出吃惊的样子。"为什么要用那种方式呢？"歌川亭很纳闷。"那你有什么线索吗？"南风也追问道。三人都等着三太郎的答复，得到的却只是这种天真的回答："大概是回王子了吧。"

　　"总之，你一定要把这件事妥善处理好。比起其他事来，我们更尊重你的艺术。无论你想怎么做，我们都会不遗余力地帮助你。那你打算如何？"

　　歌川亭如此说着，言辞间甚至对阿花带着敌意。

　　"我也不知道。你们就帮我看看吧。"

　　听三太郎这么一说，既然掺和进来了，歌川亭只好去想办法了。

　　夜很深了，阿花的哥哥前来拜访。"回到家就生病了，以后再说吧。"他只通报了一声便回去了。

　　南风和夫人次日去了阿花那里，碍于她哥哥在场，只说了通客套话。

　　"她似乎下了很大的决心。看来只有你自己瞅机会去说了。"对三太郎说明之后，南风就不再插手这件事。

　　尽管如此，三太郎仍弄不明白。此时来了电报，是一份通知，说中国①的一个挚友得了重病想见见他。三太郎立刻坐上火车前去。

---

①中国指日本本州西部，包括鸟取、岛根、冈山、广岛、山口五县。

96

　　从侦探小说的趣味性来说，读者肯定会对三太郎起程时把门钥匙寄放在邻居南风家的事很感兴趣。并且，若是作为报纸上的连载小说，也该写写阿花出走后与尾形会合，带着行李乘汽车在乡下大道上飞驰的场面。读者一定会想象三太郎立时红了眼珠子在后面追击的样子，也希望看见逃跑者未被抓住，追击者却发生了意外，急得直跺脚的情节。不过，作者对此全无兴趣。

　　最终，阿花又把好不容易带出去的时令料理的剪报啦、女演员的照片啦、旧书信捆啦、千阴的习字帖啦、梳妆台啦再次带回了三太郎家里。当作者问起阿花此间的所为时，她就一句话"只有这一点请不要问"，就是不说。但三太郎把抓现行的事（虽然这种说法野蛮而落后，却也没办法）告诉了作者。人只要有机会，总会多多少少从现实生活或邻人家中，发现些侦探小说或连载小说般悲剧或喜剧性的兴味，并以此为乐。南风逐一听尾形讲了跟阿花交涉的过程，从事情发生到结局一点不落下，却一点都没有透露给三太郎，这完全是对友情的背叛。

　　总之，年底三太郎还是搬到了郊外新建的家里。当时尾形从乡下给他写信，屡次向他提出请求，寻求生活帮助。搬家那天，尾形忽然来了。众人忙得不可开交，尾形加入了帮忙的行列，然后就以工读生的身份住了下来。

　　"你那边就没尾形君的活儿了吗？在这边似乎很为难啊。"三太郎叮问南风。南风却回答说："最好还是留给你用吧。"

97

　　新家刚建起来，三太郎就完全丧失了对家的兴趣。那只是个钩形的马大哈建筑，比临时木板房强不了多少，不过留给阿花的四叠半的房间，窗边却种了红梅，窗下还放置了她习字用的朱漆书案。

　　"啊，这样大家都能在自己的房间学习了。"大家全围到桌旁时，三太郎如此说道。此时在场的有阿花与山彦，听说新家建好后忽然从老家赶来的长子耕助，还有在一旁缩着硕大的身体坐着的尾形。

　　新年马上就到了。三太郎一面往画室的墙上挂轮饰①，一面像往常一样说着"好日子还在后头"。歌川亭前来庆贺乔迁之喜时问："尾形还在您这里啊？"三太郎答道："他有些事情，所以我打算让他待一阵子。"后来歌川亭每次见到他总要问起尾形来。可是他毫未察觉阿花和尾形之事，当然也未领会歌川亭在意尾形动静的用意。

　　阿花只在初一到初七收拾了一下睡榻，之后一直卧病不起。三太郎提着包从街上购物回来时，坐在阿花枕边的尾形悄悄起身，去了二楼孩子的房间。

　　"这是煮粥的锅。你看，是两层的吧。"三太郎喜欢一个个打开包给人看。

　　可是，阿花此时对这些一点都不感兴趣。她不知道淋着雨高兴地时而观赏红梅枝干时而移栽一下的三太郎的心思，也毫不关心。

　　"女人啊，如果不开花，就算是樱花树她们也不会看一眼的。"三太郎清洗着沾上泥巴的手，有些凄凉。

---

①轮饰，新年装饰用的稻草圈。

98

　　既然盖房子的事失败了，就干脆把四周的树种好，把自然的情趣引到院子里吧。于是，三太郎每天扛着铁锹光脚绕宅院转悠。一旦手上沾了泥巴，就没法接着画画，别人定的活儿自然也拖延下来。他背着家里人，悄悄下到院子里。如此侍弄泥土也是一种幸福。每次看过附近农家的花草丛，他总买些无聊的树木回来。

　　"快看，柳树。都说柳树种在东北方向避邪。"

　　他冲着躺在四叠半房间里的阿花说。

　　"南天竹把厄运转走。"

　　"红梅呢？"

　　"你这傻瓜。"

　　一天，说是去乡下亲戚家待一段时间的尾形忽然回来了。

　　"啊，你怎么成了和尚。"

　　看到山彦留了头发，尾形干脆把头发剃光，脑袋像个冬瓜。

　　"怎么了，真的变成和尚了。"

　　听三太郎笑着这么一说，阿花认真地说道："说是没法跟乡下订婚的媳妇结婚，很悲观，打算要出家吧。"

　　"不会吧。"虽然直到此时三太郎还是一无所知，事情却绝非仅止于一句"不会吧"。红梅已经开花了，阿花还是连窗户都不打开看一眼。虽然常来看诊的代代木博士讲完为解闷而打的三本小说的腹稿后，说阿花没事，只是心病，她的体温却仍然忽高忽低。

　　一天夜里，耕助去上夜校，山彦似乎去了朋友家玩。这时，只听孩子的房间里忽然传来轰的一声巨响，似乎有人倒地。阿花并未掩饰脸上的恐惧，登时看向三太郎。

99

　　三太郎去孩子的房间一看，只见尾形趴在床下，像溃烂的冬瓜一样，嘴里正滴滴答答地流着液体。桌子上还有残留的白色药物，杯子也歪倒了，水从桌子流到地板上，室内弥漫着恶臭。阿花母女也跟了进来。三太郎先让女佣去叫医生。"这到底是怎么了啊?！"母亲惶恐地叫着。阿花则睁大眼睛默默盯着男人苍白的脸。

　　"喝的好像是安眠药溴米那。"

　　医生说完，好不容易把药水灌进尾形嘴里，可他立刻吐了出来。

　　三太郎问："溴米那能死人吗?"

　　"量多的话会死人的。"医生答道。于是决定送他去医院。众人合力好歹把木头一样的尾形抬上汽车，拉到了代代木博士的医院。天在人们的急盼下终于亮了，博士来了。接上氧气泵后，尾形立刻恢复了呼吸。他的父母急着要问事情的始末，博士却打断了他们。

　　"警察好对付，不过你可得注意报社那边。"博士对三太郎耳语道。三太郎这才意识到自己竟陷入了莫名其妙的事件。

　　"兜里有没有写的东西之类? "不愧是小说家，博士细心地提醒道。果然，尾形的裤袋里有一封信，是给西东南风的。这才是揭开所有秘密的关键。尾形的父亲正要打开书信，被出声阻止了："不行，上面写着收信人呢。"

　　"是。"父亲尽管不愿听三太郎的话，还是缩回了手。

　　这时，三太郎家里传来消息，阿花昏倒了。他拜托代代木博士立刻出诊，然后先回去了。一看到他的脸，阿花的母亲顿时合起双掌，说："求你了，求你了，现在什么都别说，弄不好阿花要死了。"

100

　　三太郎这才明白了一切。他坐在阿花枕边，一直注视着她的睡容。悬着冰袋的绳子在微微地晃动，阿花的母亲屏住气息盯着三太郎。他像石头那样一直沉默不语。母亲终于忍不住开了口。

　　"都是阿花不好。"母亲先说了句引子，又说九月回王子时和那个男人找来时，阿花都不喜欢那个男人。最近旅行回来，阿花还在梳妆台前焦急地问那个男人为什么不立刻搬走，那人说"很难，事实上也很担心，一直没有回家，实在抱歉"。

　　虽然前面并未提到，其实，阿花从家里搬出来之后痔疮发作得厉害了，去金泽温泉疗养了一个多月。她后来说当时是打算要死的。都说女人嘴里的寻死不靠谱，可是寻死与求生只有一墙之隔，健康人也许很难理解，但人的确很容易就走上自杀之路，有时哪怕只是受一点气候影响，都可能想不开。不过阿花并没有死，还是活过来了。

　　阿花一下子睁开烧昏了的迷蒙双眼，看了看坐在枕边的三太郎和母亲。

　　"对不起。"她垂下眼睑说道，"爸爸，只要你让我去死，我现在就可以。爸爸，你说啊！"

　　"那家伙并没有死。"三太郎告诉她尾形的情况。

　　"丢人啊。爸爸，对不起，你亲手杀了我吧。"

　　"真是个不幸的孩子啊。"说着，母亲失声痛哭。

　　三太郎听着这些话，只是痛哭，什么也没有说出来。

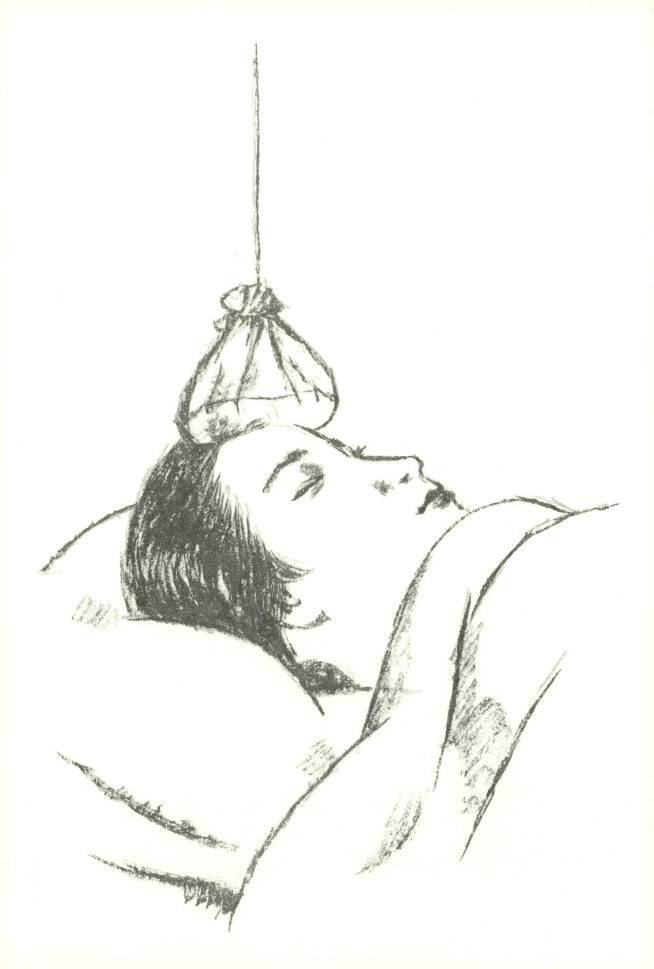

101

"儿子做出这种错事，真不知该说什么好。"

尾形的父亲前来道歉。作为一个遭到背叛的男人，三太郎并不想去见，但还有些事情需要当面跟他说一下。搬家时为了通知朋友，他让尾形帮忙整理书信文件。打了十来个柳条包，里面乱七八糟地塞满了写生、书信、剪报、便条、照片和手帖等物件。当时为了展览拍摄的十多张阿花的裸体照，还有画的与性有关的五六本画册也遗失了。

"说是寄放在西东先生那里了，儿子说让取回来。"听尾形父亲这么一说，三太郎想肯定就是那个包，把这事告诉了他。

"那好，我现在去一趟西东先生家。如果包里有的话，我马上还给先生。"

三太郎让孩子整理了一下尾形的物品，交给他父亲。

"这些全是，请拿走吧。"

"他再也不能在先生家待下去了，实在遗憾。他对我们的生意一窍不通，也不知今后到底该怎么办，所以我想求先生给想想办法，看有没有合适的工作。"他父亲说道。

"你是在跟我开玩笑吧？我的回答你该一清二楚啊。"

"啊，不，我绝不是那个意思。嗨，震灾之后，我的生意也不好，他又那么可怜……"

三太郎笑了起来。

"再见。"他说完退出客厅，回到阿花屋里。

102

"那老头来了。"三太郎告诉阿花,言外之意是如果有必要见见,最好去一趟。

"我要见他,爸爸也要在场啊。"阿花说着起身。尽管高烧近四十度,可她是一旦高兴甚至明天就会满不在乎地去旅行的性格,三太郎也没管她。

阿花系好带子,带着挑战般的态度走进客厅。

"当着您和我家先生的面,我干脆把话说明了。我很后悔,尽管不知道他是否真打算要死,但既然已那么做了,他和我也就结束了。今后,他就是活着也跟我没关系了,我也不想再因这件事跟他有纠葛。请把这些话明确地告诉他。我很后悔。"

"那太太打算如何呢?"

"这个就没必要告诉您了。我只是尽自己的责任。无论做什么都是我一个人的事。也就是说,我的罪过我一个人承担。"

阿花用烧昏了一般的语气说完这些,忽然倒在沙发上。

之后的三天,阿花一直被烧得不停说胡话。爸爸,爸爸,快去。我把这朵百合给你。静啊。山莺在叫。月亮爬上山来了。去吧。你的嘴唇真红。因为年轻啊。悔恨啊。我最好还是死了……她虽然迷迷糊糊的,这些事却说得很清楚。

代代木博士从医院里来,告知尾形已出院。但此后尾形的父亲和西东南风都没有再提那个包的事。

103

阿花等待着三太郎的宣告。

三太郎最想知道阿花的心，必须知道。只是一个人能知道别人的心吗？人要用语言来沟通心灵。可即使同一句话，此人跟彼人说的意思有时也绝不相同。那就看行为。可一个人的行为不是只靠自身意志就能实现的，也不是完全可以被他人看透的。只有做出来的行为才看得到，因此要了解一个人，光靠行为也只能说是证据不足。

阿花说她很后悔。可是究竟在后悔什么，为谁后悔？三太郎不知道。其实连阿花自己都不清楚在后悔什么，更何况后悔算什么呢？这并不是对所作所为是善是恶的批判，也当不了给人的损害赔偿，只是给自身行为加上一个感叹词而已。

人类总是无数次后悔。因为人很懦弱，会犯无数次错误，每次都只能后悔。阿花就是这样一个人。

阿花只说"后悔"，就把这进展了一半的感情账一笔勾销，三太郎却无法就此作出最后决定。

他迫切渴望了解阿花，了解女人这种东西，无论会带来多大伤害，也想知道真相。他有种可悲的希望，想从那散沙般的谎言中找出阿花的真心来，哪怕只是一点点。

三太郎向阿花提出，要她告诉自己。

104

　　三太郎觉得自己站在浓雾中。一切都那么遥远，却又显得那么美丽。黄昏一般的不安重重压在心头，令他无法忍受。爱与憎如今没有了光与影一般的区别，已融为一体。

　　三太郎虽称不上年轻，却也不是老人。他喜欢一切美好的事物。美人应有美丽的心灵，他不断在寻求这美丽的心灵。"美丽的蔷薇总带着刺"，事到如今，即使想通这童话读本标题般的道理又有何用呢？但要想弄清女人的心，无论活到什么时候也是不够。

　　由于自己受到的侮辱和困扰，还有对阿花的怨气，三太郎怎么也坐不住。他粗暴地从画室走到阿花所在的四叠半房间，正倚窗眺望的阿花慌忙抬起头来，那乞求原谅的眼神和恐惧的表情像火一样灼到了三太郎。

　　"你害怕我吧？"

　　"不，我没有。"阿花立刻恢复了镇静，把坐垫推给三太郎，让他坐到身边。

　　"是啊，有什么好怕的。我不会杀了你，也不会抛弃你，这些你都清楚。"三太郎从未发现自己竟如此悲哀，如此卑躬屈膝。

　　"别这么说，别！我是害怕自己，害怕我这个人的所作所为。我虽然无法自己死去，却也无法独自活下去。"

105

　　倾心沉溺于某事时，被人看到并不愉快。三太郎在侍弄那不值一看的庭院时也一样不愿被人看见，他觉得害羞。

　　都说恋爱的男人没有朋友，三太郎被切身的苦恼折磨，简直是世界上最凄惨的傻瓜。因为这个没教养的女人，他心里的烦恼比庭院里的杂树还多。

　　世人皆知之后，这个遭背叛的人才知道真相，这是何等的讽刺。

　　"你本人都不知道，我们也无法告诉你啊。"朋友们将此事当成了笑话。就像跛子，人们看见跛子常笑着说他一条腿长一条腿短。可一旦站在他本人的位置上，估计就不会这么幽默了。那便真是一条腿短了。跛子有跛子的悲哀，三太郎有三太郎的悲哀。

　　三太郎有如初次见到阿花，仔细盯着她的脸。她既像是昨天未变的那个阿花，又像是用谎言堆砌的难缠的女人。总之，如今再也无法像从前那样，以从前那种关系住在同一个家里了。三太郎如此想。如果不把阿花赶出去，该以何种关系相处才行呢？阿花还是个小姑娘的时候，三太郎就把她领回了家，即使仅凭当时那种心情也能原谅她。也就是说，两人已成了朋友。或者正如阿花平时称呼的那样，自己已成了爸爸。

106

三太郎并非能沉住气一直把悲哀忍到最后的人，会立刻用愤怒或怜悯之类的感情来排解。不觉间，他也厌倦了一味因自己所受的侮辱而愤怒，于是无助的孤独感像水一样涌来。被抛弃被忘记的孤独尚能忍耐，被嘲笑却忍无可忍。

无论在绘画上还是生活上，三太郎都给当成了被遗弃的人。他既没有社会地位，也没有安定的生活。他是主动踏上这条孤独之路的，即使被世间万人厌恶，也不吃惊，但十三个邻居的嘲笑他怎么也忍受不了。

"遗憾的是，我沦为了笑柄。"即使当着阿花的面，三太郎也一任眼泪涕零。

"我还是决定活下去。哪怕一年半年也好，请一定让我待在爸爸身边。就算是这样，也只有你才不会认为我是没死成，又是个无家可归的女人才留下吧。"说着，阿花像个通达人情的母亲安慰旅行归来的儿子那般，用梳子梳理着三太郎凌乱的头发。

"先不说这个，明天就是山彦的生日了。我差点都忘了。"

第二天是五月一日，大家都早早起来了。三太郎睁开眼睛时，枕边放着好几封信，壁龛的柱子上已插着刚剪下的连翘花。从窗户流淌进来的空气似乎都成了新的，他完全换上幸福的心情，从榻上跳起来。

107

"啊，你醒了。"阿花一面用围裙擦拭濡湿的手，一面走出厨房跟正在洗脸的三太郎打招呼，"鱼店没有带头的加吉鱼了，我就上了一趟街，你看，这么好的加吉鱼呢。"

一条尾鳍呈现出优美曲线的樱花色的鱼正躺在盆里，撒着白色的盐。

"哦，看上去真是吉祥。加吉鱼身上总透着一种威严啊。"三太郎深有感慨地瞧了瞧。

"大家快来看啊，新电车跑过来了。"露台上传来山彦的声音。玉川电车把路线延长到了这个村子，今天是开通仪式。阿花也过去站在山彦身旁，像观看奇景似的等待着下一趟电车通过。不久，装饰华丽的电车从树丛里钻出来，羞答答地慢慢驶过青麦之间。

"万岁！"三太郎不知不觉想跟着孩子们的声音大喊。

发电报邀请来的山彦的中学生朋友，还有大学生们三五成群地汇聚而来。阿花来到三太郎身后，说："就这些东西的话有点不够，我再出去买些回来。""那就坐电车到百货店菊屋去买吧。"于是四五个人决定一起出去。

一个在小酒馆工作、身穿窗帘般的裙装的姑娘跟三太郎打招呼："啊，要是你过生日的话，我也想去庆祝一下。好不好，先生？"

三太郎曾从一个去过蒲田的女人那里听说，这姑娘曾在蒲田的食堂里说起阿花跟工读生逃跑的事，他那廉价的幸福感顿时又低落下来。

"唉，连这么个小姑娘都在嘲笑我呢。"他对阿花说道。

108

三太郎在等待太阳。五月是种植蔷薇的好时节。把北风吹枯的蔷薇移栽到向阳处，或者修剪一下茶树栅栏，努力通过这些来排解情绪。他害怕黑夜的到来。黑夜会把人送回原始时代，激发男人盲目的情欲，让女人本能地寻求自家孩子的父亲。这是一种容易屡屡与爱情混淆的不可思议的情欲。

阿花想通过控制爱欲来净化自身，却激起了三太郎的情欲，也加深了他的疑虑。他这种心情越强烈，抗拒的力量就越强。

三太郎用被泥土磨粗的手使劲勒住阿花光滑纤细的脖子，将她抛了出去。她的肉体仿佛没了骨头般柔软缠绵。双眼也陶醉了，似乎在乖乖享受情欲的残忍。三太郎意识到此时离杀人只差一步，不禁反省自己的愚蠢。

阿花想脱胎换骨做个贤妻的决心只是短暂的自我安慰，之后便逐渐丧失了自信。事实上，人无法脱胎换骨，也无法忘掉过去。即使对三太郎来说也很难。为了变成一个充满宽宏的爱的丈夫，他的情感饱受压抑，不久就丧失了勇气、精力和对生活的热爱。并且，由于夜间床上令人作呕的弛缓和自我厌恶的苛责，三太郎甚至发现了一个想要自杀的自己。

她究竟是把爱分成两份送了人，还是把只有一份的爱送了人，然后又要了回来？女人跟男人不一样，是不可能把爱分开给人的，总是只有一份爱。这种科学式的发现也让人无法容忍。

109

阿花辞退了女佣，自己干起了所有的活儿。连三太郎珍藏的小碟子都从架子角落里取出来擦拭干净，甚至神经质地洗刷起孩子的破鞋，连从未擦过的画室地板都擦得露出了木纹。院子干净得让人不忍掉落一根火柴。

"手巾不能这样丢在垃圾筐里。脏东西全都拿出去。"

尽管孩子们时而帮她从水井里打水，阿花终于还是倒下了，她是个"疾病批发店"。

"我不敢断言那种温泉有没有用，不过阿花的病要用心来治，那就去一趟吧。"在代代木博士的建议下，三太郎同意了让阿花去她想去的温泉。温泉在金泽附近，因病在那里长期待过的山彦也说想去看看，阿花说"这样我也不寂寞了"，决定把山彦也带去。

三太郎想把阿花送上旅途来试验一下，看自己究竟能否容下辛辛苦苦想构筑新生活的阿花，能否把生活继续下去。他感到了自身力量的不足。总之，先把阿花送上旅途，自己也静静思考一下。

就在决定送阿花上路的次日，家里来了一名女客。是写过一部叫《任水流》的自传体小说，并请三太郎负责装帧设计的女作家今田甚子。她甚至被称为"大正的娜拉"或是"背叛丈夫的文学夫人"，把最近的妇女杂志和报纸搅得很热闹。这种女人世上大概多得是吧，她只是偶然写了点小说，又偶然印成了铅字，此时便成了报纸最感兴趣的对象。

110

　　正好当日送来的一本妇女杂志上有篇报道题为"离家出走的娜拉之行踪"，说的是记者去秋田的田舍町本庄寻访今田甚子的事，插图中还配有照片。他们在早餐桌上自然谈起了娜拉的话题。

　　"这张照片上的人还真是可爱。"

　　"嗯，简直是从舞台上回应观众的重演请求时抛飞吻的姿势嘛。对了，说起这秋田本庄，不是象潟一带吗？"三太郎问阿花的母亲。

　　"嗯，本庄不就是我出生的老家吗？"

　　三太郎和阿花曾去秋田旅行过一次，本想从秋田市沿着海岸去象潟玩，可当时还没有铁路，又是腿脚乏力的夏季，就打消了念头。但三太郎对冷清的日本海沿岸那些曾经繁荣的港口怀有深深的眷恋。船川、土浦、酒田、新潟、七尾、金谷、三国等各个港口都已去过，可本庄例外，芭蕉在《奥之细道》中那句"波上水点点，疑是樱花开"也尤其令人怀念。母亲被三太郎的询问吊起了胃口，像在追忆少女时代似的，开始讲述她出生的士族町的样子和码头附近的景色。

　　"那么，这个女人的家是在烟花巷里了，这篇报道上说是在见染川畔呢。"

　　"哦，这不是阿重的女儿吗？"

　　母亲眯眼瞧着照片大声说道，大家都笑了。她仍在怀旧似的说今田甚子的母亲是儿时的朋友，她家一个堂弟还被送给甚子的远亲做养子之类。

　　"嗨，这么说来，也并非完全是外人嘛。"

　　"哎哟。"

　　"没想到挖出这么个熟人来。"

　　大家午饭后正在议论，话题的主角今田甚子竟真的来了。母亲也想一睹曾经相熟的阿重出名的女儿。

111

今田甚子穿着发红的大花斜纹呢绒，像杂志照那样朝着出来传话的阿花笑起来。阿花先把甚子请到客厅，然后回餐厅通报。

"浑身三越百货名牌的太太来了。"

甚子有些客气，端庄地坐在入口处。尽管三太郎说"快请铺下"，可她怎么也不铺下坐垫，而是从一开始就随时要扑到对方怀里似的，单单是——准确说是不害臊地——用带电般的眼神盯着三太郎。三太郎也出于看生人时一贯的习惯，用职业眼光观察着对方的面容和外形。

"把先生的装帧用到了那种玩意儿上，真是可惜。"

甚子用圆熟的语调说着，并不似在漫无边际胡扯一气。

"不，真的不错。"其实三太郎没有读过德永氏的序文，也没读过正文。

"是吗？"甚子一副低眉顺眼、似乎什么都相信的样子，透出对谁表示的好意都不曾怀疑过的欣喜。"我还有很多写得不到位的地方，不过，现在正创作中篇呢。"

"哦，这么厉害。"三太郎习惯了将时间分割来描绘大自然断面的工作，历来忌讳长篇小说。这个女人虽然争强好胜，可无论说什么做什么都没有给人失礼的印象。

"《任水流》的题目感觉是不是太不雅、太无反省了呢，倘若根据作者的兴趣改为《流逝而去》的话，倒还有一种审视自己的感觉。"三太郎毫不客气地说起来，但想到一贯的老毛病，他觉得还是不说为妙，又匆忙改口，"啊，还是《任水流》好。"接着就换了话题。

112

"脸要比照片上瘦，腿的胖瘦也正好啊。"

听三太郎这么一说，甚子像在刻意展示自己的好身段，一面变换着姿势一面说："是吗？这么说真是有点太瘦了。先生喜欢苗条的人啊？"

"哎呀，年轻的浪漫时代总在描绘这种理想的女性，后来逐渐觉得还是有神仙创造的自然的圆乳房和宽骨盆的丰满女人更实用。女人总有一种想做母亲的要求，这一点我最近也切实感受到了，并非只是作为一种学说。"

虽说已成妇人的女子在性行为上盲目而勇敢，但如此直白地谈论性的话题，即使是从学术的角度讨论，三太郎也不喜欢。女人总是无法脱离真实感，单从科学角度来谈论事情。因为此时眼睛湿润地听着他说话的甚子，小腹已经像要出发的火车头一样咕咚咕咚响起来。三太郎无意中验证了曾在某本科学书中读到的一段。

因为感动，甚子甚至露出一种哭歪了脸的表情。三太郎后来才知道，这就是甚子所谓最幸福时的表现。但当时觉得她可怜，就装作没听到"火车头要出发"的声音。

"什么时候来的东京？"三太郎随口问道。

"我昨晚很晚才到。谁都没见就直接到先生这里来了。"

在电影中看到的西洋女人是把感情和感觉都表现在嘴唇上，这个女人却把所有感觉集中到了鼻尖。即使将这表情形容为孩子撒娇皱眉的样子，估计不熟悉实际情况的人也想象不出。

113

"她可是个奇怪的女人。"三太郎想起甚子前来请自己为书做装帧的时候，书店主人曾提到的这句话。一起来的年轻诗人也微笑着，并未反驳。这里所谓的奇怪女人，究竟是说三越的服装呢，还是这个男人已知道了火车头出发的秘密？这件事三太郎后来才了解，当时只是理解为"普通的奇怪女人"。

面对初次见面的人，三太郎总是冷言寡语，给人一种不和气的感觉。尤其是对女人，他总是不由得警惕起来。但甚子却像是从一开始就赐予了他一种可供观察的材料，他可以与甚子侃侃而谈，甚至连那种话都说出来。不知是最近沉陷于那太过痛苦的事件中的缘故，还是因为忽然想大声放歌或挥舞球拍，抑或是想在晴空下骑上骏马尽情飞驰，总之，他无疑是带着点游戏的心情来面对甚子的。书店主人那句"奇怪的女人"也让他有了成见，因此更想看看这个日本制造的娜拉，这也是不争的事实。

甚子聊了一个小时左右就辞别了。阿花的母亲说感觉并不像阿重，又说起甚子的堂妹龟田的媳妇是个美女，还有甚子的家人及祖先的故事，一桩桩一件件，有如铺演小说似的讲起了这个家族两三代的历史。

阿花洗完澡，问三太郎："爸爸，我今天就起程吧？"

"快点走吧。"山彦从旁附和。

"精神好的话可以起程。毕竟坐火车的时间有点长。"三太郎模棱两可地答道。

114

　　阿花当夜与山彦一起踏上了奔赴温泉的旅程。三太郎走出上野站，久违地在那里的山上溜达起来。已是初夏时节，身穿白色应时衣物的男男女女悠然自得地散步。有一对很是心有灵犀，只凭几个字或一个动作似乎就能心心相通。还有一对深埋在水池边的长椅里，默默地凝视水面。三太郎远望着他们，仿佛关注着正在玩危险游戏的孩子。

　　"世上不会有幸福这种东西，只有当下的事实。"

　　不忍池映着灯火和星影，在黑暗中水波淼淼。三太郎只觉得独独自己被置于广漠的自然中。

　　有点呆笨的长子耕助和阿花的母亲正等在家里。三太郎不想回去，只想像个来自乡下的文学少女一样就此走向远方。不知何故，他总觉得阿花和山彦都不会再回来。这样也好。他甚至想把懦弱丑陋的自己扔进不忍池的泥泞。越是这么想，他越是嫌恶自己，越想就此放任下去不见任何人。但还是赶上了郊区最后一班电车，回到家里。

　　三太郎像泄了气的皮球一样，在静谧的家里睁开眼睛。他一面喝着早茶，一面盯着阿花的母亲，说："能活到您这般年纪的人实在了不起。"可是她并不明白三太郎的心情。

　　这天早晨，事先借的钱到了，三太郎上街去取电报汇款。回程的电车莫名地十分拥挤。他坐在车中间发起呆来。在第三站停靠的时候，一个女人像赤风般从车门忽地刮进来，不知何时已来到三太郎面前的吊环下。

115

　　这女人身体健壮，让人感觉像曲线绘出的草图或绑起来的叉烧肉。红线衣下面耷拉着同色的羊绒裙裤，短短的头发、脸颊和嘴唇都是鲜红色。三太郎觉得自己被这女人盯上了，有种莫名的压迫感。他很不快，却又无法逃遁。也许是心累了的缘故吧，他立时垮了下来，根本无力对抗。

　　红衣女人似乎要张开血盆大口吞掉三太郎似的，俯视着他。裤绳上还挂着酷似护身符的红绸布包。不会是恶魔的使者吧？三太郎终于害怕了。尽管是在大白天的满员电车里，他仍觉得像在人迹罕至的森林中只跟这红衣女人待在一起，冷风阵阵吹动衣领。

　　后来到了一站，三太郎左边的坐席空出来。红衣女人迅速坐下，膝盖向他蹭去。不知为何，他即使气提丹田也是摇摇晃晃，打不起精神来。

　　"你是三太郎吧？"对方忽然问道。他这才回过神来。居然当着这么多人的面毫不礼貌地直呼自己之名！气愤终于让他鼓起劲来。

　　"你又是谁？"三太郎反问。他在旅途中或者东京市区经常被如此问起，但即使觉得讨厌，他也不会假装说"您认错人了吧"。如果被对方问起住址，他甚至会细致到连地图都画给人家。不过，他却讨厌被众多的陌生人当成三太郎看待。尤其是在这个时候，被这种女人满不在乎地说中名字，更是令他厌恶。

　　红衣女人报出了自己的名字，又说："我很清楚，你就是三太郎先生。"

116

"我想做你的弟子，跟你学画画。"红衣女人继续说。

"我不收弟子。"三太郎答道。

"为什么。"

"因为嫌麻烦。"

"可是，培育仰慕你艺术的人是你的义务，不是吗？"

"我很愿意为了欣赏我工作的人磨炼技艺。但妨碍工作的话，我就无法忍受。"三太郎忽然意识到这种话最好还是不说，索性想找个地方下车，又讨厌躲避这女人，就坚持坐着。

"要想自学，该怎么做才好呢？"红衣女人仍执著地问。

"我没有教人的自信，现在也没有心情谈这些。"三太郎话中透着不想再跟她说话的意思。女人虽然一度做出要下车的样子，还是改变主意似的又坐下来。再过一站三太郎就要下车了。到了站，他害怕自己的住所让这女人知道，故意在眼看就要发车时从售票员台上忽然跳下车，自以为已甩掉了那女人。但红衣女人不知何时已像风一样从前面下来，忽地出现在眼前，吓得他一哆嗦。绝不能在这里露怯，他便故作轻松地从女人旁边走过。两人擦身而过的一瞬间，女人忽然说了一句"再见"。

"啊。"三太郎连回头的力气都没有，沿着铁轨走去。走了两三步从路口拐弯的时候，他偷偷回头一看，女人仍站在那里。一拐过弯，三太郎便跑起来，绕过田间小道摸到家里，跳进大门，啪嗒一下关门落锁。

117

　　看到慌慌张张进来的三太郎，阿花的母亲有些纳闷。"怎么了？脸色不对啊。"

　　"耕助！若是有个红衣女人来，就把她赶走。"说完，三太郎让阿花的母亲铺好被褥，筋疲力尽地躺下了，接下来的日子一直既非昏蒙也非清醒。大概是母亲发了电报吧，阿花和山彦都回来了，守在他枕边。

　　此时即使是阿花，也能让三太郎壮胆。尽管他枕下仍放着村正短刀，可一睁开眼就像说梦话似的嚷嚷要手枪。他只觉得红衣女人似乎昼夜盯在身边，她的嘴里眼里，七窍似都喷出红色的血，把自己从头到脚变成了血人。无论他逃到哪里，都有另一个红衣女人等着。所有女人看去都成了红衣女人，他无法脱身。阿花也成了红衣女人，他总觉得充满了血腥味，害怕她待在近旁。

　　能下床了，三太郎来到院子望了望。买来栽种的树每一株都无甚意趣，只有开着白花的野茉莉和茶树还有些野趣和气质。干脆把杂树都换成野茉莉，把买来的树都换成茶树吧。他正拼命合计着这些，两个红衣女人来了。是甚子和她的妹妹。

　　一看到三太郎，安装在甚子腹中的火车头就发出啾啾声，吐出红色的血。

　　三太郎像沉重的守车一样被火车头拉上了街。似乎到了一处能看见水的餐馆，可他的筷子怎么也夹不起那生拌的鲍鱼片来。

118

　　如厕时，两个红衣女人在走廊里窃窃私语，像在密谋什么。三太郎很害怕，他感到并等待着这种类似要吞鸦片，或站在断崖边想投身下去的战栗的诱惑。

　　"我今天在银座电影院那边有个约会，先生一起去吧。"甚子边过来边说。

　　"如果不碍事的话。"

　　"哪能呢，是吧？"说着，甚子回头看了一眼妹妹。妹妹暧昧地哎了一声。

　　对方究竟是谁呢，三太郎很感兴趣。肯定是文坛的好事者吧。他们叫来车子走了。在银座后面下了车，三太郎忽然觉得跟女伴一起进电影院有些难为情。时间也晚了。

　　"对方肯定生气了。"妹妹说道。

　　"我先在这儿等着。"三太郎留在后边。可是左等右等，女人们怎么也不回来，大概是让对方给甩了吧。这样想着，他在银座大街的人群中闲逛，正好迎面碰上身着斜纹呢绒红衣的甚子。她提着铁丝编的观古剧用的小包，被人挤得摇摇晃晃，心情却不错。

　　"啊，先生。"

　　她没说"正找您呢"，只说了句"妹妹马上就来"。本以为她们约好的男人也会出现，却只有妹妹不知从哪里钻了出来。三人又搭了辆车。

　　"一定是回了旅店，正气呼呼地等着吧。"

　　"怎么办？"妹妹担心地说道，甚子并不回答，而是对三太郎说，明天就回乡下去，因此必须见那个男人，可那人被如此晾在一边，不知该有多生气；又说想直接去坐火车。到了上野站附近的旅店，三太郎和甚子等着去查看动静的妹妹回来。

119

"那个人在哭呢。"妹妹回来告诉姐姐，"他说无论怎样也要见你一面，要去找你。我说一定会领他去，让他等着了。"甚子脸色大变，立刻坐上妹妹坐的车子出去了。

三太郎又被一个人撂在了脏兮兮的旅店。去哪里都行，真想逃离这一切，逃离东京，逃离阿花。他到底还是惦记着家。之所以想逃离一切，就是因为太放不下了。

面对着伤痕累累、疲劳之极、垂头丧气地回到自己怀抱中的阿花，三太郎没能像父亲一样去安慰她。

"我虽然已没有资格再做你的情人，可你还是我爸爸。请把我当成女儿，原谅我吧。"

但三太郎既无法把她当作女人原谅，也无法作为朋友爱惜，更多的还是作为情人憎恨。

"拖拖拉拉并不能成为爱情还在的证据。"三太郎无论如何也想把这被玷污的爱情和丑陋的执著彻底斩断，从体内清除。

火车驶出上野站，震动和摇铃声都传到了旅店的二楼。现在就离开东京抛弃家庭，再也不见阿花和山彦了。尽管在下决心，他心底仍留着一丝牵挂。上野车站曾有个声音很美的搬运工，已经去世了吧？他一面思考着这些，一面把旅店脏兮兮的坐垫顶在头上，读起挂在柱间横梁的匾额上的文字来：秋抱蝶花飞。

这时，甚子和妹妹争先恐后地闯进了房间。

120

　　姐妹俩回来已是黎明时分，一进屋就传来吱吱嘎嘎的巨大声响。三太郎吓了一跳，她们惊慌则是因为膝盖忽然撞上了榻榻米，不禁回头望望楼梯。三太郎还以为是有人从后面追来施暴，接下来的一瞬才知道是地震，强烈到甚至让他有些慌乱，可他还是把心一横——去他的吧。甚子姐妹仰视着他，眼神完全是在寻求依靠。自从大地震以来，三太郎对地震再也不敢小瞧。不过在弱者的依赖下，他忽然变得强大起来。

　　"要死的话就一起死。"他坚定地说道。后来才意识到这句话给了她强烈的暗示，但此时也闪过"不想一起死"的念头。

　　"我已经害怕待在东京了，而且还有我忍受不了的各种诱惑。喂，先生，我还是回老家去创作比较好吧？"

　　"既然你这么想，最好现在就去。"三太郎此时还不知甚子在蒲田做演员、在西餐馆当女服务生，甚至被文坛某位年轻作家包养等事（后来才从她口中听说这些），但知道甚子与为她出小说的书店主人的关系似乎有些麻烦。

　　"由于德永先生的斡旋，只要我写，中卷也会给我出，下卷我也要在老家写。"甚子还告诉了他这些，但为了出那种书受罪或接受这样那样的要求，也实在是奇怪。三太郎对这些事毫无兴趣。

　　"我现在立刻回老家。先生把我送到半路吧。"

　　不管怎么说，三太郎还是愿意坐火车的。

121

 三太郎与甚子坐上了同一列火车。就算不情愿，也以同一状态被运往同一个方向。可是甚子肚里的火车头已不再发声了。由于刚刚与男人分别，她一肚子苦恼（对，不是满心，而是一肚子），已经很是纠结。环奥羽线是去往青森的。三太郎对这趟火车很熟悉。他前年从东山温泉到饭坂温泉，去年春天则从酒田到田川温泉、横手、秋田，转了两个来月，所到之处都有喜欢画画的朋友和熟人。他尤其喜欢酒田，在田川也有无法磨灭的记忆。对，就去那里吧。若是在庄内，足以打发余生了。三太郎一面思考，一面打着盹。

 "先生讨厌跟我结婚吗？"

 "怎么这样说？"

 "我必须正经地结婚。若是能跟先生结婚，母亲不知会有多么高兴呢。我也会很幸福的。"

 "是吗？"

 "阿花没有正式入户籍吧？既然这样，我便能跟您结婚了。"

 "真是奇怪的逻辑。我对那些世俗的事情不感兴趣，是个自私自利的人，只会从自己的角度看人。"

 "现在还爱着阿花？"

 "若能知道爱还是不爱，我也不用这样旅行了。而且这件事我不想对人说。"

 "我不想一个人回母亲家。"她的"火车头"又和着那酸溜溜的表情共鸣起来。

 火车抵达了新庄，三太郎和甚子都在那儿换乘。此时，站台上发生了一件神奇的事。

122

　　阿花的堂兄川茑忽然出现在三太郎刚撇下的开往青森的列车里。三太郎觉得阿花肯定会跟在后面现身，便越过川茑的肩膀往后看，却只见畑中夫人的脸似乎一闪。

　　"怎么了？"三太郎主动打招呼。

　　"您大概还不知道吧。家母在日光去世了，正带着遗骨去秋田。"

　　"那可真是……"三太郎顿生一念，索性改道去参加葬礼吧，又觉得似乎有点鲁莽。正自沉吟，川茑打量着他问："您这是去哪里？"三太郎害怕对方看到自己带的女人，就边从甚子所在的站台朝远处走去边说："酒田，对，我正要去酒田呢。"正语无伦次，开往青森的火车正好鸣笛。啊，终于获救了。

　　"先不说这些，阿花知道了吗？"

　　川茑从窗口喊道："已经事先发了电报。"

　　"非常感谢。"三太郎不知道自己在说些什么，目送着火车离去，才松了一口气。

　　"是谁？"甚子过来问道。

　　"……"

　　火车穿过酒田，奔驰在混沌的黑暗中。在甚子要去的本庄车站的前几站，有一个叫小佐川的小站，三太郎在那儿下了火车。

　　"这个女人尽管抛弃了家庭和孩子，却没有洒脱之处也没有清新之感。若说仅有的一点生活意识，也只是想瞅着母亲那点私房钱用来结婚，好衣食无忧而已。"

123

　　甚子跟着三太郎下了火车。眼前是鸟海山脚下的渔村，还能远远望见酒田海里一处不知名的岛。三太郎倚在漆成紫红的古式栏杆边望海。

　　"喂，好不好？好容易一起来到这里，母亲不知会多高兴地来迎接呢。大熊和上初中的弟弟都是不能让人省心的主儿。"这里说的大熊是妹夫。妹妹为学美容必须留在东京，把姐姐送到上野站时曾说："大熊若是变心，我立刻就离婚。姐姐好好给我监督。"姐姐却说："也曾带大熊到这儿玩过，要不叫他来吧。"

　　"你家是做什么的？"

　　"现在什么也不做。"

　　"古雪那地方不是很多妓院吗？"

　　"哎，是的。"

　　"有首歌叫'去古雪，回田町'。"

　　"啊，您这么清楚。"

　　三太郎并未说是从阿花的母亲那里听来的。

　　"古雪这个名字好啊。"

　　"是好地方。家后面紧挨着河，从码头上能一眼望尽大海。"

　　"你奶奶为什么会死在那条河里？"

　　"我也不知道。"甚子于是讲起那老太太曾是美人，还有她的老伴卖炭赚钱的事情，而且，放高利贷的事与某人的死因似乎有因果报应般的联系。古雪引起了三太郎的兴趣。出自甚子口中的人名尽是些从阿花母亲那里听到的人物，有如在翻阅这个曾经繁荣的港口的历史。

　　三太郎一路拖拖拉拉，最终还是到了本庄。正如甚子所说，她母亲就像迎接亲戚似的非常热情。甚子在镇上做牙医的哥哥也出门来迎三太郎。

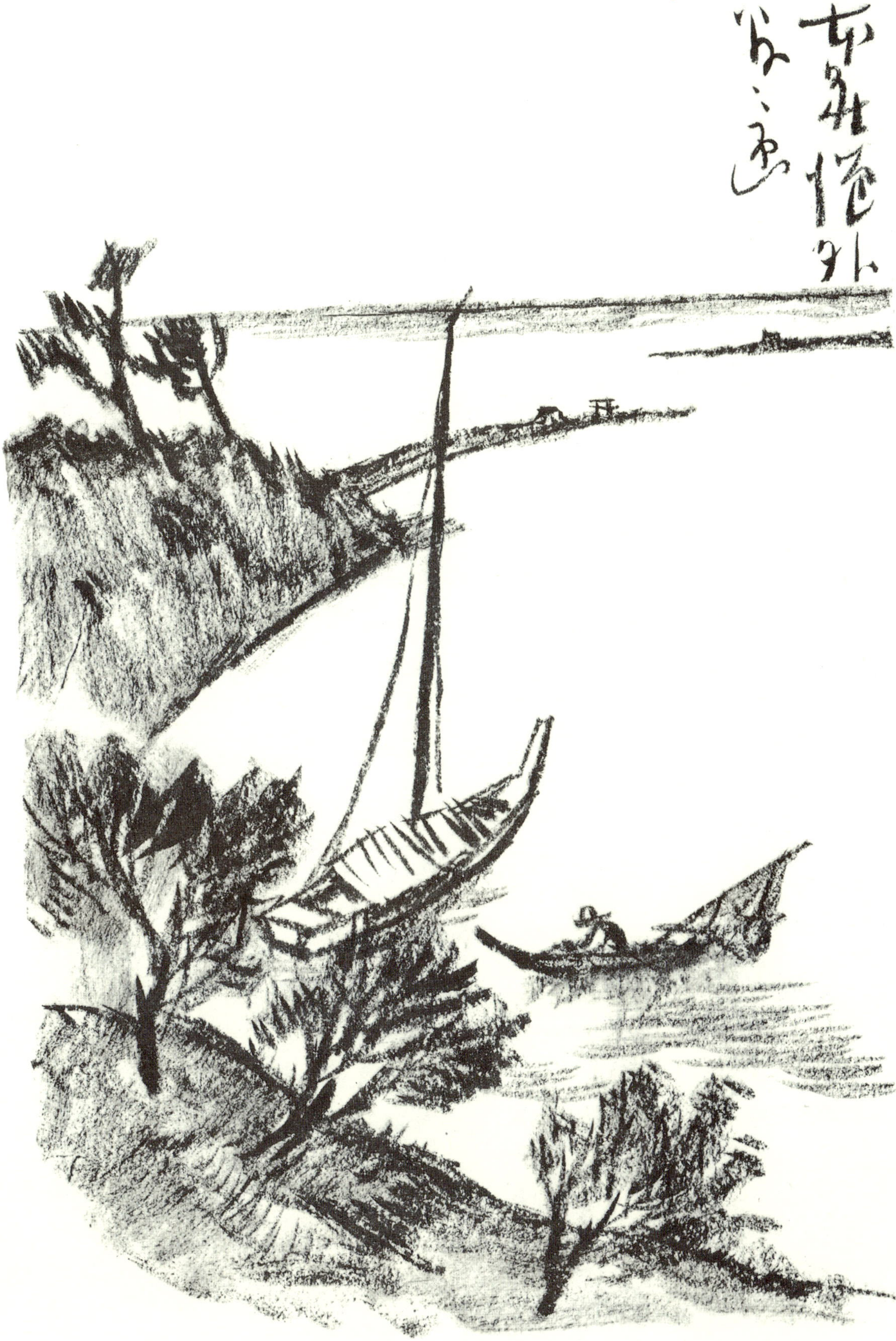

124

　　在此处，甚子把自己初恋的故事以及结婚前一晚跟媒人——一个从小相熟的男人相拥而泣等事都告诉了三太郎。那处二楼，这个房间……她领着三太郎到处看，还看了一处近海的小饭馆的别院。甚子为何有此举？大概是出于怀古癖吧。

　　三太郎次日离开本庄去秋田，想到那里参加阿花伯母的葬礼。他在本庄见到的最差劲的东西就是甚子的仪表。她的贴身衣物没有一件不沾着女性生理期的污迹。他并非对这种东西有原始的恐惧或病态的嗜好，只是对美好事物的反面产生了强烈的厌恶。

　　更为糟糕的是，三太郎的本庄之行被认为是去向甚子的母亲提亲。无疑是甚子使人们产生了这种想法，这对三太郎来说简直荒谬之极。首先，光是结婚带着各种目的这一点，他就无法忍受。一起生活的后果也得考虑才行。甚子后来也跟他说起过此事，说是德永先生也考虑了很多：关于这一点，还是生活第一；你必须要保持旺盛的生命力；但无论什么时候也不能把所写的东西留下来，因为这些不定哪天就会成为残酷的证据；绝不能鄙视钱，我就是在这件事上吃尽了苦头等等。

　　总之，三太郎来到了秋田。即便在这里也遇到了因果循环。甚子曾经的媒人兼恋人龟田恰好住在同一家旅店，说自己也是因为亲戚之故去参加阿花伯母的葬礼。此时市内的报纸正把三太郎和甚子的绯闻（这正是甚子喜欢的事）炒得沸沸扬扬。

125

　　甚子把什么人都领到旅店，把三太郎作为未来的夫婿介绍给他们。三太郎一面苦笑，一面悄然审视她旺盛的生命力和圆滑的处世之术，感慨不已。

　　心情索然的时候，消极也好积极也罢，怎么都不想动弹。三太郎觉得所有东西都索然无味，何况兜里早就没钱了。这种为贫困忧虑的心情把他引向了东京。但他悄悄计算了一下兜里的钱，连买票都不够了，便想起靠近秋田的小城市有熟人，要跟甚子告别，可她说要从新庄绕道回家，反正也是顺路，就去送送。而且那里还有她上女校时的朋友。据说朋友的丈夫是个风雅的资本家，三太郎被介绍给了他。

　　朋友的家是那位夫人钟情的文化建筑，饲养着各种家畜。三太郎只得站在门槛前，逐一听取饲养方法、特点和收益。对方向他展示一只叫"就中东洋一"的灰色猛犬，形如小马驹，他不禁有些吃惊，感觉就像看到了大炮万右卫门①的手。这只狗很大，简直让人很难以犬的概念来审视它。更令人吃惊的是甚子看到这只猛犬时的兴奋劲，她鼻孔张大，眼睛湿润，忽然抬起手抱住狗脖子抚摸起来，那火车头又急速发出声音。三太郎喜欢狗，也从未害怕过，唯有此时却怔了一下。甚子也喜欢猪。不，说喜欢还不够准确。这种接触看似有种充实感。与猪惜别时，她的抽泣声中透着异常满足和放松的快乐，让旁观者不堪忍受。

---

①大炮万右卫门（1869-1918），日本著名相扑手。

126

三太郎想给阿花写信，却没有空，也是害怕把没空说成借口。他舍弃家庭的做法，在舍弃阿花的同时也抛弃了孩子们。他想，这理由实在太牵强了，甚至自己都觉得说不过去。尽管对世上的非议无所谓，他却不忍让孩子们产生父亲是为了甚子才离家出走的念头。因而刚出来散心还不到一周，他就担心起家里了。

三太郎跟朋友借了旅费，踏上回京的旅途。甚子簌簌地落着眼泪，仿佛一分别再也见不上面似的看着他。

火车逐渐接近东京，三太郎又恢复了精力，但在郊外下了电车，来到能望见山上的家的地方，他不禁心里憋得难受，甚至想放声痛哭一阵。举手投足都无精打采，俨然花屋敷木偶戏中的小丑一样没了力气。在风的吹拂下，他好歹才迈开步子。

这似乎是陌生的村子。各家各户飘出早饭香。每家都有朝气蓬勃的孩子，也有健康的妻子。栅栏上晾晒着松软的毛皮被褥。

"我回来了。"三太郎在门口试着喊了一声，仿佛到了别人家。

"来了。"随着一声应答，一个身高有五尺七寸、脸色红润的年轻女子走出来。

"您是哪位？"女人说道。

"我是三太郎。"

"啊。"女人惊叫了一声，跑进后面，阿花的母亲接着出来了。

"哎呀，阿花昨天刚去了加贺。"说着，她望着三太郎的脸笑。

127

　　三太郎出门从未超过两天，可这次过了三四天也没回来，阿花就估摸着到镰仓去找。去秋田参加葬礼的畑中夫人来信说"曾在新庄的车站看到过他"，她又去酒田打听，对方却回复说"没有来"。如此一直杳无音信。阿花意识到他出于懦弱，有些事情根本无法说出口，也知道二人之间已无法像从前那样美满地相处下去了。互相体恤安慰成了生活的重负，对阿花来说实在太残酷了。

　　阿花这次出走是一条毫无意义的断头路。三太郎也觉得完了。

　　不久，甚子带着母亲和妹妹来找三太郎。她只要上镜头就高兴，无论别人说什么，自己能成为热议的焦点就开心，于是立刻利用了专等这种流言飞语的报纸。她要和三太郎结婚的消息顿时让满城的报纸热闹起来。

　　三太郎讨厌跟这些记者见面，大多都不见。但最近有一名女记者来进行家庭采访，虽被轰走，不知何时又来了，还连摄影师都带了来。

　　"倘若如此被决定下来，可真麻烦。但马上就会定下来，到时候只通知你们，今天就请回吧。"三太郎这样说着，才将他们打发回去。

　　曾在京都相识，当医生之余顺便办歌会的绪方周一和代代木博士结伴来了。绪方代表秋草会向会员三太郎表态："我们坚决反对你和甚子结婚，要把阿花叫回来。"

128

反对结婚的理由是："三太郎对甚子知之甚少。首先，她有变态的性欲。我们作为科学家必须承认这一点。第二，她是个对丈夫不贞、对孩子不慈的女人。第三，她缺少贞操观念，是从她的前任情人书店老板那里听说的。"他们还从书店老板那里带来了甚子身体有性缺陷的相关医学报告。绪方更说，若是跟甚子结婚，三太郎将失去社会地位，秋草会也要将他除名。代代木博士也劝道，应该无条件地把阿花叫回来。

三太郎对他们的友情表示了感谢，也表示自己毫无跟甚子结婚之意，并以造成这种局面为耻。他回答说，自己不会跟任何人结婚，也不会答应叫回阿花。

二人告辞的时候，把三太郎叫到了屋外。代代木博士穿着拖鞋下到门口，问道："你打算怎么办？"

"请暂时等等看。"三太郎只能如此回复。

甚子恨三太郎，觉得他没有男子气概，没能当着那两人的面保护她这个弱小女子，也没有说"就算是结婚，我也要拯救这个女人"。在秋田之旅中，甚子应该给三太郎灌输过 A 的《某女》的主人公庇护叶子的情形，他此时却没有用上，这让甚子很是不满。三太郎并不是《某女》的作者那种严厉的人。若真是那样的人，大概不会被甚子如此说了吧。

次日，极尽谩骂和非议的明信片就到了三太郎手中。上面或是写着"离开你家后我们喝了一杯"，或是"站在女色和欲望的岔道上了吧？怎样，我猜着了吧？"等等。"女色与欲望的岔道"这一说法让他哑然，在他们眼里自己竟是这种样子……三太郎益发失望了。

129

　　三太郎的绯闻一上报纸，住在近处的文化住宅①的闲人都涌来了。有个已停职的海军少佐常劝他说："你最好是稍微喝点酒。"这个酷似鲁道夫·曼纽的美男子一面问着"太太有酒没"，一面走进甚子的房间。甚子躺在榻榻米上拿着得意的和歌之类给少佐看，正在餐厅跟客人说话的三太郎恰好撞见了。甚子有个习惯，白天晚上都铺着被褥，躺在上面或是从事所谓的创作，或是吃饭。这实在让三太郎无法容忍。

　　"先生并不像想象的那样具有艺术家气质啊。"甚子似乎认为放荡和猥亵都是艺术家的气质。三太郎爱不开花的树，她却只爱花。饮食也全得是"西餐"，白天晚上都喝汽水，根本没有慢慢喝茶的习惯。甚子来的那天，加贺那边寄来了粗茶和白檀。虽然没写寄件人的名字，却分明是阿花的礼物。甚子在三太郎桌前发现包裹后立马拆开来看，然后叫来女佣扔进了垃圾筐。三太郎后来才从女佣那里听说。

　　甚子说爵士乐是她的最爱，一听到这种有节奏的音乐，她的创作灵感就犹如泉涌。这天她照例放着狐步舞曲喝酒。三太郎再也无法忍耐，怒骂道："喂，我家不是妓馆，不许你躺着喝酒。"

　　少佐笑着退了出去，三太郎却怎么也笑不出来。这次少佐倒是没说"你最好也喝点酒啊"。三太郎一直以为自己非常理解这句话。但之后不久，甚子不在了，少佐这才认真地对三太郎说：

　　"我想包养那个女人，如何？"

---

①文化住宅，于大正时代中期流行，是爱好西式生活的人们所居的西式住宅。

130

"若非年轻力壮的男人，是伺候不了甚子的。"

甚子的母亲放弃了三太郎，回了老家。她这种常识性的看法大致还是说对了。甚子看到猛兽时的眼神、听爵士乐时张开的嘴巴，还有仰视男人时的鼻子……一看到这种走形的表情，三太郎就不禁心惊胆战，俨然被红衣女人盯着一样，浑身都没了力气，不由得很悲哀。

从长崎来的文学青年般的女佣找了个借口出去了。孩子们不知是去了学校还是去玩了，天快黑了仍没回来。

甚子抱怨说"在这种地方没法创作"，就提着原稿去了森崎。从甚子第二次从乡下前来造访的那一天起，她就知道结婚只是妄想，肯定没指望了。不过，她却指责三太郎的生活方式，还援引一些文坛中人的例子，劝他采取更为抛头露面的方式推销自己。总之，有钱总比没钱好。贫穷虽不讨厌，但人最好是什么东西都有。

"我可不是那种能放贷又能开妓院的人。"这是甚子临去森崎时，三太郎所说的话。

甚子离去之后四五天，一个傍晚，耕助带着代代木博士的书信回来。内容是："阿花小姐回来了。我有事要跟您面谈，劳驾即刻走一趟。"

当时，三太郎跟山彦二人烤了面包，正吃着只有冷盘和甜点的晚饭。

131

在三太郎来说，唯有感觉支配了生活的全部。"站在女色和欲望的岔道上了吧"，寄来这种嘲讽之辞的代代木博士后来再也没见面。既然阿花寄身到了代代木那里，谈话的目的也就不言自明了。

通过与长崎来的文学女佣及耕助通信，阿花即使在加贺的旅途中也对三太郎的日常生活了如指掌。她回到东京来，时间也拿捏得恰到好处。有点呆笨的耕助对父亲拿自己和甚子没辙一事甚感高兴。为了取悦阿花，他十分夸张地把父亲和甚子的情况都告诉了她。阿花催促耕助报告得更详细些，可叙述得越是细致，她就越觉得待不下去。不久嫉妒就变成了复仇心。正好，时机来了。

三太郎带着算总账的念头去了代代木博士的家。

"阿花的信心非常坚定。你离不开阿花。我们意见一致。我相信阿花回来的时机也很恰当。"

对于代代木博士的意见，三太郎回答："我要稍微考虑一下阿花对我还有没有必要。幸亏我现在是一个人，也好拿主意。阿花也先不要考虑我的事情，能不能以她自己的心情为主好好考虑一下？若只是为了我，以后不免要为难她自己的。"

"那我把你的意思转达给她。我现在要去一所学校演讲，先失陪了。会把阿花叫过来，让你们慢慢谈。"

代代木博士出去，刚过了五分钟，阿花就来到了三太郎所在的二楼。

132

阿花与三太郎短暂分别后又重逢时，总像个受虐的继子一样畏畏缩缩，察言观色。这次也一样，阿花虽然也留意着三太郎的情绪，想根据他的态度来披露内心，可一看到他的脸，竟不由得先抱怨起来。三太郎也是，虽然只想挑主要的事说，还是禁不住说起别的来。

"身体如何？好像又胖了吧？"他不禁说道。

"哎，看来爸爸受了很多的苦，瘦了。可是那个女人也太过分了，居然把我送给爸爸的白檀扔到了垃圾堆里，还说什么'不知道先生居然还有个阿花小姐'。我还听到了这一句，'若是有这么个没有教养又不懂艺术的女人，先生的艺术就完了'。我是给爸爸添了不少烦恼，可绝不是因为没有教养。"

"那个女人有病。她的病是医生治不了的，我……"

"爸爸的病是寂寞吧。"

"可是这么吵来吵去，就是寂寞的人也会吃不消。你打算如何？"

"别管我，还是先说爸爸吧。我的事全凭你一个念头。但不是要你来处置我。我的意思是说，如果爸爸觉得还需要我的话。"阿花的话中没有往常的伤感，也没有歇斯底里的感觉。

"我若是不需要呢？"

听三太郎这么一说，阿花顿时像关上的电灯似的，表情黯淡下来，问道："那就是需要其他人了？"

"完全相反，我都讨厌这种心情了。我无力忍受下去，既无力躲开撞过来的东西，也没有忍辱负重扛下去的耐性。我现在是唱独角戏，只要能撑住自己的情绪就行了，所以悔和恨都忘了，正想养养精神呢。"

133

"总之我回去了。咱们这样谈到什么时候也没个头绪。还是代代木在的时候我再来吧。"

"可是我也不能一直待在这里啊。我想去高藤家打扰一下，就在附近。"

"你定下来之后再通知我。衣服也要吧？"虽然已到了稍走快些就出汗的季节，阿花仍穿着法兰绒衣服。三太郎也是，事到如今才抽出空回头看看自己，自从穿上春秋的西装出来，每天连换换衬衫的工夫都没有。

一天，阿花的母亲来了，说是女儿安顿在高藤家了，要把应时衣物送过去。三太郎把她领到二楼，阿花的物品全都整理得好好的放在那儿。

"啊，只要现在能穿的衣服就行。"母亲不肯把女儿的物品一次全带走。考虑到她的心情，三太郎也没有强求。

高藤的儿子是常过来玩的文学青年，三太郎和他的母亲也很熟。

"虽然我不知道是怎么回事，可这么放任太太（阿花）不管也不合适，谁也不敢说就不会出个差错什么的，毕竟不是压根儿没有一点苗头。"这位母亲提醒三太郎。他当时虽然心不在焉，后来却亲眼看到了阿花和高藤家儿子的年轻朋友 S 结伴而行。

"用不着隐藏，如果对人稍存忌惮，心里就会产生罅隙，无法看准前面的人。眼下我就经历过。若不光明磊落，就不是真正的恋爱。"

"爸爸，你的女儿谈的是真正的恋爱。"阿花说着把两袖抬向眼睛，哭了。

134

果然，阿花的恋爱认真而勇敢。可是有一次，由于那个年轻人说"让父母知道就麻烦了"，她便顿时没了热情，失望了。

"看来还是我着急了。现在的年轻人都太功利。先不说这些，那个人怎样了？"

"来了两次。第一次说，好像要被一个年老的有钱人给娶去，等那人死了之后就买我的画。我觉得很讨厌。第二次来我本不想见，她却带来了德永先生的两个女儿。也不能让人家吃闭门羹，就把他们让进屋来。之前德永先生的太太去世后，她曾来过一封信，说'现在虽在德永先生的宅子里，可是想获得你的原谅，所以想跟先生同路拜访'。这一天也说'我可能要结婚了，因此想得到你的谅解'。听她这么一说，我便回答'根本谈不上什么谅解，虽然我不清楚你是如何跟德永先生说的，不过我这边很高兴。并且我也不是小说家，你的事情我当前不会声张，也没打算要写出来，请尽管放心'。她以为世上的男人全都爱她，真是个开朗的人。而你若是吃了闭门羹，就再也不会来了吧。"

"女人也是，有自信的女人才有德望吧。"阿花如此说。但不久后她觅得了一桩良缘，要像普通女人那样嫁给一位正经商人了。

"这太好了。"三太郎也很高兴。

"那个人也有了着落，接下来就该轮到爸爸了。"阿花说道。

"不不，接下来光孩子的事就够累的了。"

长子耕助摇摇晃晃地出了门，山彦则说着"爸爸是爸爸，我是我"，对报纸和世上的议论满不在乎，只是旁观着父亲的举动。

"去趟外国吧。"

结果，这父子的闲谈竟被报社打听了去，还以初号字大肆宣传说"要离开日本"。可事到如今，三太郎根本不急着出国，也没钱。"啊，就等山彦初中毕业之后再说吧。"他完全是一种漠然等待出帆的旅人的心情。

图书在版编目(CIP)数据

出帆／(日)竹久梦二著，王维幸译.-北京：
新星出版社，2012.4
ISBN 978-7-5133-0496-2

Ⅰ.①出… Ⅱ.①竹…②王… Ⅲ.①长篇小说-日
本-现代 Ⅳ.①I313.45

中国版本图书馆CIP数据核字(2012)第004508号

出帆

(日)竹久梦二 著
王维幸 译

责任编辑 翟明明 张 苓
特邀编辑 朱文婷
营销编辑 张卫平
责任印制 付丽江
装帧设计 王晶华
内文制作 田晓波

出 版 新星出版社 www.newstarpress.com
出版人 谢 刚
社 址 北京市西城区车公庄大街丙3号楼 邮编 100044
电话 (010)88310888 传真 (010)65270449
发 行 新经典文化有限公司
电话 (010)68423599 邮箱 editor@readinglife.com

印 刷 北京朗翔印刷有限公司
开 本 850mm×1168mm 1/16
印 张 17.5
字 数 248千字
版 次 2012年4月第1版
印 次 2012年4月第1次印刷
书 号 ISBN 978-7-5133-0496-2
定 价 49.50元